KB093730

2018-08 **Jb** 詩散策詩選

장미빛 주님의 길을 예비하라

원재 김지호 지음

도서
출판 **Jb** 제이비

"영혼의 숨결을
되살리는 시인"

圓齋 金知昊

ㅣ 저자 소개

원재 김지호

· 1956년 출생(부산) ·현) 한국시산책문인협회 시분과 특별자문위원 ·한국
시산책문인협회 ㅣ 신인문학상 수상(2017) ·한국시산책문인협회 ㅣ『산책로에
서 만난 시』(공저 2017) ·한국시산책문인협회 ㅣ『사랑한다 너여서』(공저 2017)
·"다시 찾은 내 영혼의 송가"_ 2018年 3月 이달의 시 선정 ·"사바나의 사랑
타령"_ 2018年 4月 이달의 시 선정 ·『문학산책』vol.1, no.1(Winter/Spring
2018) 통권3집(ISSN 2586-7547) 특별초대작가(2018)

작가의 말

주린배 허기진 삶이 싫어 하던일 내 팽개치고
무작정 길을 떠났다.
바람이 전하는 고향의 소식을 귓등으로 들으면
서도 시큰둥 했다.
대처에서 이리저리 기웃거리며 밥술이나 얻어
먹을까 하여 밤잠을 설치면서 닥치는대로 앞만
보고 일을 하였다.
풍요로 위장된 광야의 삶이었다.

절망이 이끄는대로 멀게만 보이던 구름기둥 물
기둥 하얀연기 솟아오르는 신의산 호렙으로 부
름을 받았다.
메마른 골짜기의 황량함에 놀라 이루말할수 없
는 분노를 느끼면서도 시커먼 돌덩이 나뒹구는
들짐승의 굴로 간신히 찾아들었다.

하루를 산다는게 얼마나 큰 은혜인지 살아있는
것 자체가 기적이 되는 난생 처음 감사와의 만
남이었다.

신발을 벗고 맨발로 엎드려 빈다.
부디 이 죄인 홀로서게 도우소서.

··· 차 례 ···

1 ~ 90

다시찾은 내영혼의 송가

덤불속에 새풀이 돋아나듯
버림받은 내 영혼에
새봄을 입히시나이까

마르고 갈라진 척박한 땅에
무슨 희망을 보았기에
단비를 뿌려 주시나이까

그리도 못본척 외면하여도
진달래 꽃보듯 하시니
그동안 상한 마음은 괜찮으십니까

한번 맺은 인연 이라고
무엇이 좋다고
찰거머리 처럼 착 달라 붙으십니까

병들어 지치고 상한몸
아무도 돌아보지 않는 꼴 사나운 모습을
살뜰히 챙겨 주시나이까

피묻은 그얼굴로 누가 누구를
걱정하시나이까 가시관을 둘러선
그마음으로도 나음을 주시나이까

목마르고 주린자 내게로 오라시더니
우는 아이 달래듯 보듬고 위로하며
눈물을 닦아주시나이까

광야에서 부는 바람에
무슨 말을 전하시려고 그토록
오랜 시간을 헤메고 다니셨나이까

한서린 몸짓 손짓으로 부르는
춤사위에 두폭으로 갈라지는
죽음의 강을 건너서 찾아왔나이까

어찌하여 봄을 보게 하시고
새 우는 소리를 듣게 하시며
내 영혼의 창문을 두드리십니까

허투로 사는 인생길
벗되어 주신 임이시여
이제는 차마 가라시는 말 못하지만

세월의 바람에 마른가지 솔방울
툭 떨어지는 날에도
임 곁에서 머무르게 해주오

천지창조

꽃샘의 추위에도
수줍은 입술 내밀며
푸른 움이 돋는
껍질 벗은 몸 이어도
가녀린 눈을 감노라

꽃으로 피겠다는
오직 한마음
넉넉히 이기리라며
언제가 다가오는 바람 속이어도
그대 앞에 서 잊지 못하는
물망초勿忘草의 이름으로
언제나 나는 천지창조의 그날을 맞노라

천년 왕국

이 천년 세월 동안 수 없는
십자가상의 죽음으로 검증이 되어
구원의 기쁨이 되어 이미 와있는
하늘나라를 슬며시 외면한다

모두 저마다의 모형을 가지고
천년 왕국을 꿈꾼다
여기서 일용할 양식을 구한다는 것은
실패한 인생처럼 보인다

가진 자들의 놀이동산이 되어버린
찬란한 바벨의 탑을 쌓으며
교만의 갑질로 흘러넘치더니
불사의 몸을 꿈꾸며 불로초를 찾는다

죄와 벌이 있는 날이 두려워
최후의 심판이 없는 복제 인간으로
영생을 살고파 안달복달한다
그러나 전이 되지 않는 영혼이다

백세시대를 외치면서도
잉여의 삶에 버거워하며
지하철에 몸을 싣고 흘러 다니는
생로병사가 그저 무색할 따름이다

오늘도
실로암 공원묘지로
들어서는 실패한 천년 왕국의 꿈이
한으로 묻힌다

영혼의 숨결

겨우내 살아남기 위한 몸부림은
과장된 오만의 등껍질로
얼어붙은 마음의 나이테를
감싸고 지켰다

위축된 자존심에 상처받기 싫어서
새로운 희망의 봄바람인양
수선을 떨면서 묵혀둔 땅에다
씨앗도 뿌렸다

뜨거운 태양아래
비바람에 굴하지 않고 꿋꿋하게
웃자람 없는 삶을 살아가기를
그토록 소망한 여름은 덧없이 가고

성숙의 가을날이 오면
고개숙인 겸손의 열매로
임께 드릴 제단을 꾸미려 하였건만
영혼의 숨결은 가쁘기만 하다

십자가

사는게 힘들다고
인생이 괴롭다고
죽지 못해서 살아간다고

설마하니
나보다 더 고통스러울까
생살을 찢는 아픔 당하기나 했을까

철저히
무시당하고 배신 당한
그 설움 알기나 하는가

타는 목마름으로
하늘 향해 눈물로 호소하고
그토록 빌었건마는
차갑게 외면당한
믿음의 끝내기를 아는가

죽어야만 다시사는
처절한 십자가의 몸부림에 기대어
공짜로 사는 너는 도대체 누구인가

오색꽃나무로 피어나는 임이시여

날
이대로 편히 쉬라 한다면
임과의 관계에서 내 사랑이
아무런 의미가 없다는 걸 드러낸다

삶
채워질 듯 채워지지 않는
잃어버린 사랑의 조각
임과의 만남으로 채울 수 있을 텐데

길은
아오라지 외길인데
믿음의 길 찾아가는 방법이

서로 달라서

어리석은 인간은
제 스스로 하는 일만 가치 있다고
신성을 내세워서 성역을 만든다

돌고 돌아
찾아가는 순례자의 길
부르심에 응답한 신내림의 길에도
끝없이 자기를 부인하는 십자가지고
고통의 산자락을 눈물로 넘어야만

비로소
무관심이 온통 탄성으로 바뀌어
임과 함께 살아가는
영혼의 기쁨을 노래하리니
한걸음 또 한걸음
거짓 없는 사랑으로 고백하라
임이시여 나를 붙들어 도우소서

허깨비 사랑

허기진 영혼의 쉼터요
주름진 세월의 손마디 삭아가는
눈바람 휘날리는 공원묘지에서
도드라진 앙가슴 내밀고
봄꽃 향기 그리워하는
음택의 돌비석 그림자가
석양에 짙게 물드는 날이면
생각나는 내 영혼의 디딤돌

누군들 그때 그 시절
억세게 붙들면 바스라 질 것 같은
젊은 날의 아름다운 사랑의 추억
가슴에 품고 후회로만 보내기 아쉬워
그리워하며 몇 번이고
지나온 길 되돌아가고 싶어 하다가
어느 날 그날 밤 그 자리에 화석이
되어 새겨진 이별의 발자국을
찾는다면은 공연한 서러움에 운다

너와 나의 아픔이 서로 다르다는 것을
예전에는 왜 몰랐을까?
생각이 모자라서가 아니라
애당초 바라보는 시각의 차이를

철없는 진정성으로 채워버린
나의 사랑은 본질을 알 수 없는
욕망으로 가득 찬 허깨비의 춤사위며
허깨비 사랑임을 고백하여도
여전히 보고 싶은 그 사람

肉化의 神祕

그리움과 기다림이
노래가 되어 울려 퍼지는 성당에서
고개 숙여 길게 늘어선
하얀 미사포 곱게 쓴 아름다운
사람들 고해소 문이 침묵 속에서
열렸다 닫히기를 반복할 제
저무는 노을 선홍빛 되어 창문을 두드린다
혼자서 감당하기에
무척이나 외로우신가 보다
늘 그러하듯이
영혼의 주림과 목마름이
서러운 삶이 되어 희망을 찾아
떠도는 고해소 안에서 끝없는 멀미를 하면
스스로 장막을 거두시고 소리 내 운다
온 세상에 비가 내리고 있다
그 빗속에 당신이 있고
죽음 보다 더 깊은 지독한 외로움의
허방에 빠진 내가 있더이다
나의 아픔이 그대의 아픔이 되고
그대 채울 수 없는 안타까움은
내 마음 같아서 여린 손 내밀며
차라리 당신과 함께하자 하더이다

낮달의 시간

하얗게 내민 얼굴 살갑게 마주치며
배부른 낮달의 시간
삭히던 청맹과니
해설피 게으른 자유
무지개 핀 석양 길

바람이 전하는 말
잿빛에 물드는 산
초라한 모습으로 발 벗고 나투이신
골고다 십자가 우에서 피눈물을 흘리네

어이타 이 한목숨 제물로 바쳐질 때
미련에 우는 자여
슬픔을 거두어라
겨울 해 핏빛으로 저무는
생과 사의 전장터

보고 싶은 마음

사랑하는 임이시여
당신 얼굴의 빛을 그늘 속에도 비추어 주소서

까치놀 같은
세상의 온갖 풍요와
없어질 재산을 자랑할 때마다

당신은 도래샘 같은
크나큰 위로와 기쁨을
제 마음에 베푸셨나이다

믿지 못할 말의 성찬인
화방수의 허욕에
빠지지 않게 하시고

거짓 없는 산 울음에
평안으로 살게 하시고
이 밤을 편히 쉬게 하시니

잠자는 동안 시나브로
그대 얼굴의 빛으로 감싸주시어
어둠이 들지 않게 하시어

온새미로
보고 싶은 마음이 살아 숨 쉬는
시가 되어 깨어나게 하소서

광야(삶이야기)

눈 내리는 광야
길 없는 길을 찾아 나서는 막막함에
어느덧 하얗게 세어버린 검은 머리
다시는 돌아오지 않으리라는
꼭지가 덜 떨어진 다짐 속에서
황량한 광야의 길을 가는 것은 쉽지 않다
메마름만 보이는 실재에 영육이 점점 메말라 간다

생동감이 넘치는 불굴의 의지로
온몸으로 부대끼며 마디마디
굴곡진 세월 억세게 살아온 청춘
예찬의 둥지 없는 삶은 구릉과 협곡을 지나
평원에 들어서면 비로소 안도의 한숨 내쉬며
삶의 둥지를 튼다. 누구나 한 처음의 시작은 광야였다

믿음 없이 돌고 돌아온
원시의 삶 이야기가
흐르는 세월에 채색이 되면서
힘겹고 아슬아슬한 삶의 고백에서
순간순간 은혜로운 도우심의
손길을 느끼면서 거부할 수 없는
진실이 아름다운 사랑의 고백으로
자리매김 할 때에 나만의 성경이 되었다

쓴 잔

너마저 아무런 말도 없이
훌쩍 떠나버리고
가뜩이나 울적한 마음에
허세 가득한 팔짱을 끼고
허공을 노려보는 눈빛은
입맛이 씁쓰레하다

기분 또한 씁쓸하다
아무도 보기가 싫다
차가운 겨울바람에
점점 웅크려 든다
블랙커피의 쓰디쓴
긴 여운이 마냥 아쉽다

공원 잔디밭 위에는
구겨진 휴지가
제 맘대로 나뒹군다

얼마나 많은
고독의 시간을 맛보아야 하는지
얼마나 많은
고통의 시간을 걸러야 하는지
얼마나 많은

절망의 시간을 견뎌야만
얼마나 이 쓰디쓴 쓴잔을
피할 수 있을지

얼마나 많은
고난의 행군길에
입술이 부르트고
발가락 물집이 터지는
쓰라림을 겪어야만
그토록 만류하는
이방의 신과의 사랑과 섬김에 대한
그토록 처절한 응징과 참혹한
불륜의 대가를 치를 수 있나

빈 들에서 눈이 녹은 시커먼 돌무지
타다만 장작 어지러이 널려있는
아픈 손가락 감싸 안고 돌아서서
욕망의 결궤를 들부수는
또 한번의 사랑은 쓴잔을 마신다

위대한 생명의 탄생

엄동에 미숙아들
인큐베이터 사고로 크게 한번
울어보지도 못하고 맥없이
세상을 떠나자 온 세상이 멘붕에 빠져든다
누구의 잘잘못을 따지고 가리기 전에
이 사회에 생명의 존엄성이
커다란 울림으로 다가온다

순간의 하찮은 실수조차도
용납되지 않는 생명의 신비
무균의 상태 세상으로부터의 온갖
오염이 차단된 무염의 자궁에서
바람 앞에 촛불 같은 그 나약한
핏덩이가 구유를 바람막이 삼아
포대기 깔고 누우신 임이시여

사랑과 관심도 금줄로 외면하시며
오로지 양친 부모 애정 어린 도움의
손길만 기대하며 방긋방긋 웃으면서
기쁨의 원천이 되신 임이시여
뭇별이 흰 눈에 박혀서 하얗게
빛나는 밤 세상의 모든 위대한 탄생을 진심으로
그중에 하나이신 당신의 탄생을 사랑한다

산골짝에 부는 바람

내 나이가 어때서
근거 없는 자신감도 문제이지만
내 나이가 몇인데
설마 하며 실소를 금치 못하다가
웃었다고 핀잔을 듣는 성조의 역사

이 몸이 늙었다고
미리 고백하던 설마가
때가 되면 이루어질 일을
믿지 못한 탓으로
벙어리 냉가슴 앓던 10개월

내 임은 자비로우신 분이시라
영으로 충만한 아이의 이름을
요한이라 부를 때 막혔던 말문이
터지는 놀라운 기적 골짜기 울려
퍼지고 광야에서의 초대로
예언자 되어서 물세례를 베푸시네

장미빛 주님의 길을 예비하라 (봄)

임 오시는 길 따라
물오른 버들가지 봄바람에
하늘거리고 푸른 솔 빛나는
산등성이마다 개나리 철쭉꽃 곱게 피고
아지랑이 아스라이 피어오를 때
겨우내 얼어붙은 개여울 다시 흐르고
거무티티 마른 돌 세수하고 반짝일 때
그리워 잊지 못한 임 찾아 나선다

마주 보는 얼굴들
임의 모습 **빼닮아**
가까이 다가가서
기꺼움의 손을 잡고
지난겨울 숨죽여 살아온
우체통에 가득 채울 허기진 그리움
쏟아내며 안부를 물어보는 겨울 이야기

너나 나나 사는 모습
거기서 거기인데
고치 속의 번데기 주름 잡고 사는지
훈훈한 봄바람에
살아 숨 쉬는 임 그림자 찾아서
끼리끼리 차별과 무시에 상처받은
얼어붙은 차가운 마음

그냥 그렇게 포기해 버린 지친 마음
닫혀있는 고단한 사랑의 거미줄을
걷어치우고 달래어주며 너와 나
구별 없는 하나 됨의 증표로
새 하늘 새 땅에 임사랑 씨앗을 뿌려
아름답게 꽃을 피워 임께 드리리
오시는 우리임께 한 아름 가득
안겨 드리리

장미빛 주님의 길을 예비하라(여름)

철철 넘치도록 솟아올라라
생명의 물 복된 소리여
온 누리 적시며 흘러넘쳐라
평화의 강과 안식에 충만한 들판을
믿음의 계곡에서 발원한
구원의 선물이여
죄로 물든 우리 마음의 골고다 언덕
흘리신 피 씻어 내린
생명의 용솟음이여
마른 뼈 모아둔 황무한 골짜기마다
진홍의 프리즘에
장밋빛으로 임의 길을 밝혀주는
일곱 색깔 무지개 피어나게 하시어
변치 않는 구원의 약속을 이루소서!

불러도 대답 없는 이여
그대 앞에 사랑의 송가를 불러도
외면하시는 이여!
산지사방 제멋대로 다니던 길
모든 일을 제 뜻대로 행하던 자유
때가 이르면 한때는 나도
사람이었기를 추억으로 간직한 이여!
은혜로운 장대비 쏟아지는 날
장막을 적신 물이 차오르매

후회의 눈물로 가슴을 치는 이여!
구원의 방주 떠올라
먼 곳에 가기 전에 웃고 있어도 웃는 것이
아닌 날 고개 들어 두 팔 벌린 임에게로 오라
설마가 현실이 되는 날이면
배 떠나가네, 비 내리는 여름 바다
돛대도 없이 삿대도 없이
저 홀로 임 따라서 흘러가리라

산등성이에서
임께서 말씀하시네
차고 넘치는 내 사랑의 축복을 받아라
말씀이 사람이 되어 오신 분이
보기에 빈손으로 오시어도
마음에 담아둔 선물 보따리
풀어헤치면 일용할 양식인 만나지만
나누어 먹을 수만 있다면
넘치도록 흔들어 채워주시는 임
믿음으로 심기만 한다면
열 배 오십 배 백배 천배의 축복으로
되돌려 주시는 임이시여
수고하고 힘든 자들아 믿기만 하여라
너희는 나의 안식에 들리라
나의 안식은 눈물이 없고
슬픔과 괴로움 없는
희망찬 기쁨의 안식이어라

장미빛 주님의 길을 예비하라 (가을)

산을 뛰어오르고
언덕을 뛰어넘어 너른 들판을
가로질러 추수 꾼이 가을걷이하듯
오시는 임이시여

어두운 밤에 외치는 이의 소리
열 처녀 가슴에 등불을 지피는 신랑이 온다

환호성을 울려라 나귀 타고 오신다
빨마가지 흔들며 호산나 소리 높여
불러라 겉옷을 벗어 임 오시는
길에 깔아 드려라

임의 이름을 경외하는 이들은
의로움의 태양이 날개에 치유를
싣고 동살에 떠오르리니
이들은 외양간의 송아지처럼 뛰어놀리라

고귀와 영화를 입으시고
빛을 겉옷으로 두르신 임이시여
나는 당신의 백성 당신 목장의 양떼이어라

흠 없는 길에 뜻을 두리니
언제 저에게 오시렵니까

내 혀로 죄짓지 않도록
진리의 파수꾼이 되리라

알곡과 가라지 구분하는 타작마당
양과 염소를 가름하는 목장에 부는
바람 눈물로 씨 뿌리던 추수꾼이
곡식단 들고 올 제 기쁨으로 오리니

풍요의 결실 구원의 잔칫상에
초대받은 이들이여 임과 함께
예복 입고 등불을 준비한 이들이여
북을 치고 수금에 맞추어 노래를
불러라 추수하는 이 기쁨, 임께 돌려 드리세
눈 그친 홍등가에는
발정 난 군상들이 이리 비틀
저리 비틀 질척거리는 눈 녹는 땅을
밟으며 기웃대는 사람과 사람 사이로
취한 술 냄새 역겹지만
흔들리는 눈동자로 다가서는
야화의 숲은 밀고 당기는 실랑이로
밤이 깊어 간다
기다림에 지친 누이는 내일 또 내일
X-MAS 사랑의 파티를 기약하며
애써 뜨거운 어묵 국물을 호호 불어
마시며 오늘 밤을 접는다

사랑 비

사랑 비 내리는 날
임께서 나에게 오신다면
뭇사람 뭇별들의
부러움과 시기, 질투 한몸에 받아
붉은 장미꽃 한 다발 아름 따다가
임께로 드리런마는

사랑 비 타고 오는 임이시여
나에게 오신다면
나와 함께 머물러 주신다면
임 그리움 적셔줄
우리들의 은밀한 처소에서
온밤을 하얗게 지새우며
영접하는 기쁨을 맛보게 하옵소서

사랑 비 되신 임께서 말씀하시길
사랑하는 이여 내 사랑을 믿는다면
내 말을 듣고 행하라 그리하면
나도 너와 하나 되는 기쁨으로
사랑 비 기꺼이 맞으면서
낙엽진 오솔길 팔짱 끼고 걸을 텐데

시작은 광야에서 하라

거칠고 황량한 들판
보이는 것이라고는
듬성듬성 키 작은 마른나무

뜨거운 열기에 목마른 숨이
앙상한 가시덤불에 걸려
바람에 날리우는 사막에서 온 편지

모퉁이의 돌로 나뒹구는
허욕의 돌무지 굴곡진 회상을
회개의 제단으로 삼아서

사막을 건너기 전에
산자의 기도를 올려라
하늘이 알게 시리 큰소리로

체육공원에서

개똥밭에 굴러도
이승이 낫다고
열 올리던 할배들
세상을 등지시더니
얼굴도 한번 내밀지 않네
아마 저승이
마음에 든가 보다

새벽닭 울기 전에

애 저녁
핏빛 노을에 불타는 강은
쉼 없는 세월을 싣고
굽이쳐 흐른다

강기슭
자갈밭 돌무지 끝자락에
휭하니 부는 바람은 어둠이 오기 전에
안식처를 찾아 나선다

이끼 낀
돌비석의 허우룩한 사연은
잔물결에 눈곱을 떼고
찰랑이는데

새벽닭
울기 전에 사위어가는 모닥불 앞에서
그 사람 모른다고 소리치며
맹세하던 얼굴 가린 사나이

희붐한
동 살에 부끄럼 가득 안고
길 떠나간 사내는 12월의 크리스마스에
임과 함께 오시려나

엽서에 적은 시

저무는 한 해
12월 저녁 어스름
노을은 붉게만 타오르는데
창밖의 낙엽은 바람에 날리오고
잎을 떨구어 몸을 푼 나목은
바르르 잔가지를 떨고 있다

실속 없이 마음만 바쁜 12월
마무리는 언제나 골 결정력 없는
헛발질이다
그래도 아쉬움과 미련은 두지 말고
모두 다 용서하며 살고프다

12월의 달력 한 장

아, 임이시여 되돌려 주소서
비록에 절뚝거리며 살아온 세월
보잘것없는 몸이지만
다시금 새봄으로 돌아가리니
얼어붙은 그루터기에 새움이 돋는
아름다운 그 날로 돌아가리니
마지막 날이 오기 전에
돌이켜주소서

"그날은 분노의 날
환난과 고난의 날
파멸과 파괴의 날
어둠과 암흑의 날
구름과 먹구름의 날이다"(스바1, 15)

가난한 이 옥죄고 억누르는
서러운 그 날이 오기 전에
옹기장이 질그릇 깨부수듯이
죄로 병든 마음의 허물을 용서하시고
더 이상 기억하지 마시옵고
돌이킬 수 없다면
부디 이 자리에서라도 심장이 떨리는
시인으로 서 있게 하옵소서

잊혀진 계절

떠나가는 가을이 괜시리 미웁다고
시린 바람 불면 향기 잃은 마른 꽃
씨방을 툭툭 털어내고
귓불에 주름살 패인 빈 껍질로 남는다

앙상한 뼈마디만
서걱거리는 우슬초의 아우성에
지난 세월 돌이켜 잊고져 하나
사라져 버린 꽃 기억
텅 비어 가난한 마음에

임하시는 임의 소식에
고개 숙여 엎디어 비는 몸
한 말씀만 하소서
내 영혼이 곧 나으리다

신호대기 중

통영 앞바다 바라보이는
산골에 그림 같은 집을 지어
출렁이는 파도 소리 들으며
해풍에 자라나는 부추밭 둘레마다
맛있는 실과를 심어 후대에 자랑이
되려 함은 욕심인가요

세상살이가 뜻 한 바대로 되지 않아
차일피일 이런 이유 저런 이유로
미루어지더니 종내에는 생각도 못한
기막힌 경우를 보게 된다

어찌할거나
어떻게 해야 하나
이 사람 저 사람의 지혜를 구했건만
설레설레 뾰족한 대답이 없다

마음으로 앓는 병
병든 어버이 치매 판정 앞에서는
하늘의 무심함이 원망스럽고
오도가도 못하는 현실이 속상하다

기억이 나지 않으면 잊으련마는
잊을 만하면 기억이 나는
어처구니없는 뒷북에
납덩이를 목에 매단 마냥 축 처진다

임이시여 어찌하오리까
신호대기 중인 나를 돌아보시고
임을 믿고 살아온 세월의 뒤안길
마지막 기도를 잊어버린 어버이께
살아 숨 쉬는 기쁨을 허락하소서

일어나 비추어라 #1
판문점 귀순 용사의 쾌유를 빌며

잠자는 영혼을 일깨우는
부드럽고 달콤한 소녀시대 노래에
취해 동토의 땅을 내리달려
자유의 다리를 건너서
군사 분계선을 넘어
야생마처럼 질주하다가
흉탄에 맞아 낙엽 수북이 쌓인 곳에
마른 숨 헐떡이며 엎드린 님이여

그대가 흘린 붉은 피
자유의 땅을 적시는 순간
해방을 갈망하는 꺼져가는
통일의 심지에 불을 돋우고
어쩔 수 없는 의식화의 포로가 된
우상의 숭배에서 벗어나
진정한 조국의 품으로 안긴 님이여
이제 "일어나 비추어라, 너의 빛이 왔다"(이사60,1)

일어나 비추어라 #2

석양에 이는 시린 바람에
추상의 마른 잎 떨어지고
하루해 다 채우지 못한 아쉬움에
반 토막 난 노임을 받아들고선
짐짓 웃는다. 다 주던데,
성경에 과수원 주인은 똑같이

뻐근한 힘줄 녹여줄
왕대포 한잔에 쌓이는 무력감은
흔들면 흔들리는 대로
설핏 부는 바람에도 알아서 기는
잡초처럼 버림받아 내동댕이
처진 기분 어찌할 바를 모르겠다

누가 누가 말했던가!
이 몸이 거룩한 임을 닮아서
꽃보다 더 아름답다고
가을의 끝자락에는 소설이 있다
오늘 하루도 인생 소설의
한 페이지 된다

일어나 비추어라 #3

내 인생 실락의 유배지
바빌론의 강가에서
소리죽여 우노메라
빼앗긴 땅 젖과 꿀이 흐르는
약속의 땅 가나안 들판을 생각하며
하염없이 운다
버들가지 풀피리로 즐겨 부르던
내 고향의 노래를 어찌 이방인들
앞에서 부르리오

우리 임께 바치는 부끄러운 고백과
내밀한 약속의 말씀이 담긴
은혜 충만한 감사와 찬양이
흘러넘치는 우리들의 가락을
고통의 눈물을 닦아주며
쓰라림의 상처를 핥아주며
짐승처럼 울부짖는 아픔을
낮추어 아니 보시고 토닥이시며
암사슴이 시냇물을 그리워하듯
기쁨에 겨운 구원의 물가로
안내하시는 찬란한 합창을
어찌 원수의 땅에서 서럽게
부를 수 있으리오

이제 해방의 날이 왔다네
광복의 기쁨에 만세를 부르며
임께 영광을 돌리세
만산홍엽이 울울창창 널브러진
고향 가는 길목에서
남부여대 앞서거니 뒤서거니
고향의 노래를 소고치며 목청껏
부르며 눈물로 씨 뿌리던 사람들이
곡식단을 들고 환호하듯이
그리워 꺼이꺼이 그리움에 울던
고향의 하늘 바라보면서
귀양살이 끝난 귀향의 길
임께서 말씀하신다
"일어나 비추어라, 너의 빛이 왔다"

일어나 비추어라 #4

아득한 계곡을 가로지른
골바람 불 때마다 흔들거리는
출렁다리에서 두려움에 휩싸여
더는 나아가지 못하고
다리가 풀려 주저앉아 버렸다
죽음에 대한 불안과 공포
타고난 죄인의 심경이 이럴까

가파른 인생의 언덕길
은행나무 이파리 노랗게 떨구는
횡단보도 앞에서 오지도 가지도 못하는
정지신호가 되었다

어부의 마을에는 웃자란 교만이 만들어낸
하늘 위를 걷는 스카이워크의 짜릿한 황홀감에
어부의 노래는 사라지고
발밑에 출렁이는 바다의 풍경
부서지는 파도 소리
갯바위 조개들의 꿈도 사라져
휴대전화 사진 속으로 잠기어 든다
그저 왔노라 보았노라 인증샷 이다

어디에도 마음 둘 곳이 없다
어버이 찾고 부르는 어린아이의 심정이다
지체의 불만족에 개의치 않고
죽으면 죽으리라 는 마음가짐에
오체투지로 나아간다
임의 이름 부르다가 지친 날에
임께서 부르시면 일어나 비추리라

일어나 비추어라 #5

널따란 교회마당 주차장에
각종 등껍질 벗어놓고
해맑은 미소 지으며
알맹이만 속 빠져나와 예배드린다

거듭남이 불편한 진실이 되어버린
말씀 앞에서 내 죄의 허물벗기와
탈피를 위한 회개와 반성의 시간에
고개 숙인 통성의 기도 아멘소리 드높다

추수 감사절이 오면
한해살이 도우심 넘치는
은혜에 대한 감사의 봉투 수북한
탕감의 빚잔치 요란하다

알곡과 껍데기의 세상에서
알곡으로 살아남기를 간절히 기도하며

더는 양파 같은 내 마음
껍질 벗기기를 마다 한다

딱정벌레 등껍질 씌운 속마음
비비고 감추고서 복된 말씀의
친교를 빛과 소금 되어 나눈다
어서 일어나 비추어야 할 텐데

일어나 비추어라 #6

하나뿐인 오라버니
요절의 슬픔에 북받쳐
우는 여인들아 눈물을 그쳐라

믿기만 하여라
하늘 영광 보리라고
말하지 않았느냐

사랑하는 임이시여
제 눈물의 기도 들어 주셨으니
더욱 감사드립니다

저 무덤의 돌을 치워라
사랑하는 내 친구여 잠자는 영혼아
깊은 잠에서 깨어나 나에게로 오라

그를 풀어주어
걸어가게 하여라
나와 함께 일어나 비추리라

일어나 비추어라 #7

잠들기 전 임의 말씀이 나에게 내리셨다
모태에서 너를 빚기 전에 나는 너를 알았다
"너는 내가 부르면 와야 하고
내가 보내면 무조건 가야 한다
내가 너에게 말하는 것이면
무엇이나 말해야 한다"

아, 임이시여!
나의 장막 안에 임을 모시기에는
너무도 누추하여 천 부당 만 부당
하오니 부디 나에게서 떠나시어
당신의 곧은 백성을 찾아가시옵소서
또한 저는 어린아이와 같아서
아둔하며 사람들 앞에서는 두려워
말을 할 줄 모릅니다

"무엇이 보이느냐"
너와 나의 아름다운 시절
네 젊은 시절 순정과 사랑을
내가 기억한다
뭇 백성이 내 땅을 밟아 더럽히고
나의 유산을 역겨운 것으로 만들어
씨도 뿌리지 못하는 묵혀논 땅
척박한 광야에서도 너는 나를 따랐다

"무엇이 들리느냐"
한소리 벌거벗은 언덕 위에서 들려온다
사람들 앞에서 두려워하지 말라
내가 너와 함께 있어
너를 구해 주리라
너의 굳어버린 마음의 포피를
벗겨내어 여린 새살로 할례를 받아라
입을 크게 벌려라
내가 너의 입에 불타는 숯불 같은
내 말을 담아 둔다

날이 차오르면
그날이 가까워진다
환호의 날이 아니라 경악의 날이 온다
교만이 봉오리 맺고 꽃을 피우는 날
사제의 가르침도
원로들의 조언도 사라지고
아무도 기뻐하지 않는
얼굴마다 부끄러움으로
가득 찬 날이 오면
너는 일어나 비추어라, 나의 빛을

일어나 비추어라 #8

세상이 폭력과 황음으로 가득 찬 날
시인은 시를 쓰기를 그치고
예언자는 꿈을 꾸지 못하고
하늘은 먹장구름에 덮여 있다
금세라도 쏟아 부을 듯한 느낌이다
사람도 마음의 문을 닫지만
하늘도 하늘의 문을 닫는다
올바른 사람이 열 명도 없었다
찌뿌둥한 하늘 한번 쳐다보고
우산을 챙기고 싶지만 귀찮고
거북스러워 빈손으로 길을 나선다
돌아올 수 없는 절반의 길을 갔을 때
툭툭 한두 방울의 빗방울이 돋자
순간 아차 하는 마음이 든다
다시 한 번 어두컴컴한 하늘을 보며
애써 자위한다
내가 가는 길까지는 괜찮겠지
근거 없는 자신감으로 길을 재촉한다
비가 쏟아진다
마땅히 피할 곳이 없다 뛰어야 한다
빗방울이 점점 굵어진다
이미 젖어 버렸다 작달비가 내린다
노아의 방주를 외면한
진한 후회가 몰려온다

구원의 방주는 문이 닫혔다
무엇이든지 흘러넘치는
홍수시대에 살고 있다
교회당 십자가 첨탑도 물에 잠긴다
이 비가 그치는 날
무지개 활짝 피거든
너는 내가 보여줄 땅으로 가라
그곳에서 일어나 비추어라

일어나 비추어라 #9

하얀 국화 향 그윽한
홀로 가는 외로운 날이 오면
지나가는 바람에
떨어진 낙엽이려니
죽은 자는 말이 없다

해 그림자 길게 드리워진
안달이 난 그리움 속에서도
침을 꿀꺽 삼키며
비틀거리는 운명과의 한판승부에도
굴복하지 않았다

수고와 고단함의 흔적이 사라진 날
제 악한 마음에서 나오는 생각대로
그분의 의로움 앞에서 죄를 짓고
그분의 신실하심을 거역하였으며
그분의 말씀을 전하지 못하여
내 얼굴이 오늘 이처럼
하얀 부끄러움으로 마주할 뿐이다

나그네살이
수치와 어리석음으로 채우지 말라
아무런 생각 없이 늙어 가지 말라

죽은 자들과 함께 너의 이름을 더럽히지 말라
산 자여! 말하라
사랑의 임이 빛으로 살아계심을
거저 받았으니 거저 주어라
그리고 너는 일어나 비추어라

일어나 비추어라 너는 내가 사랑하는 아들이요
내 마음에 드는 아들이다"(누가3,22)

일어나 비추어라 #10

별똥별 뚝 떨어져 어디에 나렸는지
어두운 숲속에서 희망의 잔 꽃송이
찾아서 헤매는 마음 방황하는 청춘아

길동무 여의고서 설움에 겨운 마음
어디가 길이냐고 소리쳐 우는 자여
돌이켜 먼산바라기 사위어진 그림자

새로운 인생길에 마주친 진리 앞에
말씀이 사무쳐서 눈물로 회개한 날
일어나 비추오소서 님바라기 그 사랑

대림(待臨) #1

저 푸른 창공을 날으는
갈매기의 꿈을 꾸면서
느티나무 아래서
고도가 오기를 기다리고 있는
큰 바위 얼굴들

모모가 한없이 그리운 날
테스의 순정이 희롱당하는
역겨운 현실에서
뿌리를 찾아서
좁은 문을 두드리는 사람들

달 그리움 때문에
6펜스를 버리고 저 멀리 떠난 임은
참을 수 없는 존재의 가벼움에
자유인이 된 그리스인 조르바되어
백 년간의 고독이 흐르는
아마조네스를 찾아서 헤맨다

그리스도 최후의 유혹 앞에서
아무런 말도 하지 않았다
아낌없이 주는 나무가 되어버린
십자가 아래서
2천년이 지난 오늘도
오시기로 한 그대를 그리워하며
기다리네, 사랑한다 너여서

대림(待臨) #2

황 촛불 밝히시어 제단을 꾸미오고
몽매간 기다리던 임 마중 바랬더니
장명등 타오른 마음 심지 되어 비추네

싸래기 이는 마음 비우고 또 비워서
탑돌이 깊은 달밤 한 소식 듣자하나
가신 임 소식 없으니 무상세월 탓일세

옷고름 고쳐 매고 방 소제 마음 소제
바람에 전해오는 임 소식 들었는데
이어도, 이어도 사나 그리움만 쌓이네

대림(待臨) #3

기다리는 나의 마음
돌아오신다는 약속의 말씀
햇빛 쏟아지는 빛고을로
나는 그대 이름을 부르며
그대는 내 이름 되뇌이며
꿈에라도 보고 싶은 임이시여
뜨거운 마음 엉기어
꿈을 깨지도 못하는 날이 오면
그대 이름을 목놓아 부르고 싶다

기다림의 꽃이 하얗게 핀다
곧 오시마 내 마음 다독이며
떠나시던 임이신데
천년도 당신 눈에는
지나간 어제 같은데
그대와 함께 노닐던 꽃동산은
이슬 내린 새 아침인데
그리움에 리본을 매단 채
귀향으로 오소서

대림(待臨) #4

겨울로 가는 길목
바닷가 언덕길
억새와 노을
바람의 하모니
가슴 저미는 날
한 소식 들리어 온다
사랑하는 임 오신다고
기다리는 마음은
한달음에 성큼
바람 부는 언덕 위에
서 있다, 저 바다 보면서

대림(待臨) #5

기다림에 지쳐서
앙가슴이 무너지는 슬픔에 겨워
메마른 땅에서 선인장 가시가
툭툭 돋는 날이면
광야에는 바람이 울고 있나

어디가 길인지
어디로 가야 하는지
버려진 모퉁이 돌 널브러진
황폐한 언덕배기
흐르다 만 강물의 흔적
적나라한 생수의 골짜기

저 멀리서
잃어버린 양을 찾아 헤매는
목동의 풀피리 소리 들리어 온다
가시덤불에 뿔이 걸린
숫양 한 마리 찾아서
애타게 그 이름을 부른다

가시관 둘러쓰고 피 흘리며
대 속의 번제물 되어 하늘 향해
애원하시던 임이시여
들리는 말씀에 이르시길
"너는 내가 사랑하는 아들이요
내 마음에 드는 아들이다"(누가3,22)

대림(待臨) #6

왜 몰랐을까?
영원한 생명의 초대로
내 곁에 오신 그 사람
진작 알아보지 못하고선
오시지 않는다고
온갖 투정 다 부리고
위선과 저 잘난 멋으로 살았다

그 사람 알아보지도 못하면서
잘 아는 척 입에 거품을 물고
빛 가운데로만 오신다고
믿었던 어리석음 하나 때문에
지독한 외로움에 떨다가
외면당한 서러움 이기지 못해
내 곁을 떠나가신 그 사람

그 사람 알아보는 눈이 없음을
부끄러워하지 않고
큰 바위 얼굴 나타나기 기다리듯
얼마나 많은 시리디 시린
성탄의 밤을 헛되이 보내셨나
지금도 그 사람은 너를 바라보며
서성이는데

대림(待臨) #7

간절한 그리움
소망 담은 손 편지
커다란 우체통에 부치고서
해풍에 밀리어 도는 풍차와
어설픈 돈키호테의 씨름 한판
밤을 새운다

새벽 어스름 동해바다 저 멀리
밤새 지친 등댓불 길게 비추어서
길라 잡는 어둠 속에서
사람 낚는 어부 되신 아버지를
기다리는 처연한 모자상은
새벽안개에 애가 타는데
숨어 우는 갈매기 소리에
겨울로 가는 한기를 느낀다

싱그런 앞바다 기장 미역 냄새
대변항 포구에는
생멸치 펄떡 뛰는 왁자지껄한 그물에
기대 반 설렘 반으로 술렁인다
오시기로 하신 분이
어디에서 모닥불 피우고 계신지

대림(待臨) #8

옹기장이 흙을 빚어
말씀으로 사람을 만드는 날
기다리는 마음이
그리움의 눈물로 변할 줄은
진정 몰랐네

나그네살이
후줄근한 뒷모습
서러움을 삭인 세월이
바람 되어 돌아오니
안개비에 젖어 우는 달천강
어깨를 들썩이는 사내의 마음

곧 돌아오마
한마디 말도 못 한 체
어버이 손잡고 수몰된 본향을
떠나온 날이 엊그제 같은데
여윈 가슴 쓰다듬는
먹먹함으로 빈 하늘만 바라보네

말씀이 사무치는 밤이면
나를 닮은 흙을 빚어
사람 되어 오시는 임이시여
하얗게 재만 남기고
식어버린 불가마를 깨뜨리시어
살아 숨 쉬는 옹기를 꺼내시어
기다리는 마음으로 채우소서

대림(待臨) #9

오소서 임이시여
기다리는 이 마음에
어둠을 깨치시고
빛으로 오시옵소서

구절초 언덕 너머
단풍나무 사이로
꽃무릇 즈려밟고
가시던 임이시여

참꽃이 피는 날 오신다기에
앞산 노루막이 양지 녘에
계절을 잊고 핀 꽃 꺾어다가
임께 드리리

대림(待臨) #10
부제; 대림의 빛을 기다리며

가고는 아니 오시더이다
까치발로 기다려도
소식 한 장 없더이다

떠나시며 남기신 한마디
도우심의 협조자 보내어 줄 테니
날 본 듯이 대하라는 당부의 말씀

너와 나 그리고 우리의 기도
하나 되는 연결고리 되시어
은혜의 모습으로 오셨더이다

호객 행위 아니 하여도
이미 우리 가운데 빛이 되어 주시고
벗이 되어서 함께 하여 주시더이다

"그들의 눈에서 모든 눈물을 닦아
주실 것이요 다시는 죽음이 없고
다시는 슬픔도 울부짖음도 괴로움도
없을 것이다 이전의 것들이 사라져
버렸기 때문이다"(묵시21,4)

알곡과 가라지

믿고 사는 세상살이
황금빛 누런 들녘에서
알곡과 가라지
뒤엉켜 자라지만 억울해 마시게나
가라지 없애겠다고
알곡이 다치게 할 수는 없다네
그것이 세상의 이치일세

구분할 수 없는 참과 거짓이
나날이 안개처럼 피어올라
어디가 길인지도 헷갈려
우왕좌왕 헤매는 세상사에
양의 탈을 쓴 늑대인간도
참으로 많다네

양과 염소를 구분할 줄
모른다면야 어쩔 수 없다지만
마지막 날에
추수 꾼의 때가 이르면
알곡은 알곡대로
가라지는 가라지대로
쭉정이는 쭉정이대로
양과 염소를 갈라놓을 것이다

분노의 끝을 찾아서

싸늘하게 얼어붙은 마음에
마그마처럼 들끓는 분노
어리석게 속은 것이 분한 게 아니라
나의 믿음을 저버리고 나의 선의를
내 뜻과 상관없이 자기 의지대로
악용하여 나오는 하등 상관없는
전리품 취급되어 널브러짐이다

사람이 무서워진다는 것이 이런 것인가?
저하나 살자고 하는 다단계의
희생양이 되어 버린 듯 참담하다
미리부터 자신에 대한 오해의 싹을
자른다고 덧씌워 놓은 험구 또한
기가 막힌다

그 사람이야 안 보면 그만이지만
잘못된 정보로 인한
다른 사람들의 오해가 가슴 아프다
이미 상한 음식은 덜어내는 것이
아니라 모두의 건강을 위해
버려야 하듯이 그 사람이 속해있는
모임과는 이별을 고해야 한다

새 술은 새 부대에 담다
터무니없이 맑고 청명한 하늘
바라보며 허허롭게 웃는다
"네 고향과 친족과 아버지의
집을 떠나 내가 너에게 보여 줄
땅으로 가거라"창세12,1
세상에 기댈 둥지가 아니라
약속의 둥지 찾아 나선다

용서(容恕)

솔직히 자신만을 위하여 용서하라
배신에 절망하고 미련에 울더라도
마지막 초대의 말씀 있기 전에
용서하라

용서에 목이 메어 물가로 나섰더니
근심의 불덩이가 마른 목축이어서
붉은 놀 숨넘어가듯 기꺼움을
마시네

내 마음 편하자고 너를 용서하던 날
용서를 청하는 맘 내가 용서받듯이
양수리 두물머리에 춤을 추는
합수제

사랑의 반석: 베드로의 고백

그대를 사랑하는 내 마음
이제 사 두 마음이 없습니다

가으내 그대를 기다리다
깜박 여윈잠에 빠져듭니다

사랑은 가을이 깊어질수록
기쁨의 환상인 오로라를 발산하고

그대의 이름을 되뇌는 순간
거짓말같이 사라지는 그리움의 통증

그대여 아직도 우리 사랑
내 믿음을 의심하시나이까

어찌하여 내 사랑을
이리도 아프게 하시나이까

인생

솔방울 툭 떨어진 작천정 너럭바위
바람도 안 부는데 저 홀로 떨어지네
언제나 갈 때가 되면 돌아가는 인생길

막힌 듯 다가서니 고운길 열렸어라
꽃길로 알았는데 가시밭 인생살이
목마른 영혼의 갈증 사랑으로 채우사

무진장 퍼다 써도 마르지 않는 샘물
천년을 살 것처럼 저만을 위하더니
인생사, 기도 밖에는 아무것도 못 하더라

아픈 손가락

내 마음에는
자랑도 교만도 할 수 없는
아픈 손가락 있으니
무시로 쑤셔대는
가시 박힌 손가락 탓에
그늘진 인생살이

하고픈 말
하고픈 일들 많았지만
어디로 가던지
어디에 있던지
한자리에 머물 수 없는
부름받은 아픈 손가락

하얗게 눈이 내리는 날
흔적 없는 내 발자국 뒤돌아보며
미친 듯이 소리치고
하늘 향해 종주먹 들이대며
마른 가슴 열어제치고 꺼이꺼이
울던 날 고침 받은 아픈 손가락

새날이 오면

흐르는 강물에 띄워 보낸
가버린 날의 아픔이
댓바람에 사무쳐서
서럽게 안겨드는 밤이 오면
더는 어찌할 수 없는
제 설움에 겨워
그대를 그리워하며 우노메라

내 삶의 외로움 끌어모아
차곡차곡 그리움의 단을 쌓고
메마른 장작 뼈 모두어서
불쏘시개 삼아 함께 가지 못한 길에 대한
원망과 그 아쉬움에 괴롭고
안타까운 시간 들이 변하여
기도되어 활활 타오르는 날
밤새워 그대의 이름을 부르며
목놓아 우리의 노래를 하리라

밝아오는 새벽이 되면
알게 되리라
진실의 거울 앞에 선 그대가
얼룩진 후회의 눈물로 돌아와
마주하는 기쁨에
두 팔 벌려 환호하고
새날이 오고 있음에
감사의 노래를 부르리라

장미의 기도로사리오

오솔길 따라 걷는 산책로에
장미의 향기 날리는 기도
나뭇가지 빈 가지마다
송이송이 꽃다발 걸어두고서
오가는 영혼들 위로하며
단잠을 깨우는
어머니께 바치는 기도

가으내
성당의 뜨락
꽃 마름의 성모 동산에
기도의 꽃바구니 주렁주렁
곱게 쌓이고
성모께 올리는 기도
숨어 우는 그대의 기도가
복음의 향기로 거듭날 때
저녁 종소리 더욱 고웁다

함께 사는 세상

보이지 않습니까
들리지 않습니까
벌거벗은 임금님의 모습

보려고 하지 않고
들으려고 하지 않고

보고 싶은 것만 보고
듣고 싶은 말만 듣고

시나브로 계절은
또 새로운 몸살을 시작하는데

한기를 느끼며
옷은 갈아입는데

마음은 왜
옹이가 진 외면을 보이십니까

마음의 눈을 열어 보십시요
나를 옥죄는 목줄을 풀어
세상의 일에서 자유를 주십시요

도움은 어디에서 오는가?
내 이웃을 내 몸같이 사랑하세요

나도 살고
이웃도 함께 살게 시리

가을비 맞으며

가을비 추적추적
우산도 없이
움츠린 장승처럼
우뚝 선 외등 불빛에
산란 되는 그리움 방울방울
매달고 지하로 매몰된다

개와 늑대의 시간을 지나서
짐승의 울음소리로 들리는
지하철 굉음에
하루의 고단함을 싣고 질척거리는
쉰 목소리 울려 퍼지는 지하 3층

이리저리 부대끼며 앞에선 승강기
조절이 잘 안 되는 무언의 분노를
가슴에 안고 빠져나온다
을씨년한 하늘가 빨간 믿음의 첨탑
설렁한 십자가 바라보면
하루살이가 한숨 속에서 마감된다

고백록

믿는 둥 마는 둥 그저 그런 날들
믿음조차 없는 날, 별 헤는 밤이어도
하늘 바라기보다는 풀벌레 울음소리
징검다리 건너서 반딧불이 찾아 나선 길
어지러이 헤매는 반짝이는 작은 희망의 불빛을
어렵사리 잡는다. 계절과 계절 사이
이승과 저승을 오가는 길목
굿당의 푸념 소리 안타까움은
자진모리 장단에 온밤을 뜀박질하다가
개벽의 날은 아니어도, 뜨거운 국물에 해장하는
달빛 기우는 희붐한 새벽녘
이슬 맺힌 기억에 소스라치듯 사라지는 천지창조
오호라, 임이시여
긴긴밤을 함께 보내셨구려

소명의 날에 부르는 소리, 멀뚱히 넘겼건만
다시금 부르는 소리
설마 설마 하다가 심경을 울리며 부르는 소리
엎드려 비옵나니, 이 잔을 거두어 주소서
심장이 멈추기 전에 하루살이 오늘에도
신령한 마음의 제단을 꾸미게 하사
소명의 날에 칠층산 오르는 기쁨
임이 동행하소서

너 어디 있느냐!

차마 부끄러워
두 손으로 얼굴 가린 채
해와 달 아래
알몸이더이다

무화과 이파리로
두렁이 만들어
산들바람에도
몸을 숨겼더이다

낙원을 서성이며
"너 어디있느냐" 부르는
임의 목소리 안절부절 헛되이
귀머거리 되더이다

두려운 마음자리
너와 나 하나 되어
유혹이 아니어도 검붉은 선악과
먹음직하더이다

실락의 아픔이야
변명과 탓이라 지만
사람 사는 세상에
비로소 찾아오시는 임이시여

치매 세상 #1

세상살이가
손거울 보듯이
제 잘난 멋에
제 얼굴 보기만으로 산다면
보고 듣고 배운 것 모두
무슨 소용이 있을까?
식자우환이라고
차라리 알지나 못하면
밉지 않지
먹이 사냥 나서는 짐승들처럼
침을 질질 흘리며
제 앞가림만 하는 세상
제앞 가림도 못 하는 세상
턱받이 없는 치매 세상이다

치매 세상 #2

얼굴로 기억하는
이름으로 기억되는
못난 세상을 잊었다

과거도 현재도 미래 또한
짐작할 수도 없다
매일매일 허기지면서
밥 먹은 기억이 없다

알 수 없는 충동의 연속에
한 곳에만 머물 수 없다
바람에 나뒹구는 낙엽이 되어
집으로 가는 길을 잊었다

세상의 기준선을 넘었다
두려움도 외로움도 그리움도
기억의 강은 허옇게 말라 버렸다

상처받은 영혼의 쉼터
피난처는 어디에 있는가?
어울림 세상 섬 속의 섬에 사는
말갛게 눈뜬 치매 세상이다

치매 세상 #3

이웃이 없는
그대만의 삶 껍질을 벗겨
서툰 솜씨 움막을 짓고
아무런 생각도 없이
아무런 말도 하지 않고
좌절로 떠다니는
소외의 섬에서
세속과의 인연을 끊고 자연인 되어
그물에 걸리지 않는
가을바람 모두어
그리움의 오색단풍 옷을 벗는 날
외로움에 삭아가는
굴참나무 움막에서
무소의 뿔로 아궁이 불을 지펴서
투박한 돌구들 데운 더운 김에
거뭇한 하루의 쉼으로
짐승의 울음 자장가 삼아
치매의 날을 살아가는 사람아

치매 세상 #4

임이시여
말씀으로 만든 세상
한 말씀만 하시어
믿음으로 치유하소서

지친 마음 인연의 끈 풀어사
꿈같은 세상 바라보는 아련함에
빛으로 깨어나 일어나 비추라고
한 말씀만 하소서

거듭남의 비밀은
치매의 나라가 아니라고
"누가 내 어머니이며
누가 내 형제들이냐?"(마태12,48)

관심도 없고
배려를 모르는 우리들의 이기적인
삶에 일침을 놓으시며
듣는 형제 서운한 말씀 아랑곳 않고

참사랑의 뜻을 실천하는
여기 있는 이 사람들이
"내 형제요 누이요 어머니다"
 하신 말씀 잊었나이다 (마태12,50)

치매세상 #5

나 잘난 축복의 날에
그 흔한 감사의 마음을 잊었다
나 혼자 무등 타고
태평소 길라 잡아 동네 한 바퀴

우쭐한 기분이 솔솔 하다
내가 나인 것이 자랑스럽다

날마다 돈 들여 시주의 탑을 쌓는다
구구절절한 구 층 석탑이다
박수 소리 대웅전에 왁자하다
이리 보고 저리 보아도 나 말고는
감사의 인사할 사람이 없다

그렇게 사십 년을 살아왔다
사람들이 슬슬 피하고
아무도 눈을 마주치지 않는다
점점 사나워지고 욕지기를 주절댄다

누구시더라
인사하는 사람도 나도 무안하다
도무지 그 사람이 기억나지 않는다
애먼 사람들에게 난장질이다

생일을 알 수가 없다
뜨거운 물에 몸을 담글수록
태어난 날이 저주스럽다
감사를 잊은 삶의 끝은 치매다

지금 바로, 여기 이 자리

지금 바로
여기 이 자리
그대가 서 있는 자리

주렁주렁 매달린 얼굴 붉어진 사과밭은
꽃 피고 새 우는 봄
뜨거운 계절을 잊고 살아온
제 몫의 노고가 성숙한 열매로
자리매김 하였음을 아는가

지금 바로
여기 이 자리는
정지된 화면이 아니다

치열하게 살아온 삶의 현장이
녹아있는 춤추는 영혼의
살아있는 예배와 지금은 모자라지만
기꺼이 드릴 수 있는
흠 없는 마음의 예물을 드리는 제단이니

지금 바로
여기 이 자리는
감사와 기쁨이 넘치는
살아 숨 쉬는 구원의 자리로다

매듭

오해로 덧나고 고름 진
상처의 가슴앓이
얽히고설킨 인연의 실타래
도무지 풀 수 없는 매듭

실마리조차도 보이지 않는데
어찌할 바를 몰라서
헝클어진 가슴 부여안고
속울음 우는데 초대의 말씀도 없이

바퀴 없는 마차를 끌면서
침묵으로 다가오시어
마디마디 유래 없는 상처투성이
매듭진 멍에를 단칼에 자르신 이여

아쉬움 도
그리움 도
눈물의 강도
마르지 않는 샘물로 채우시는 이여

"너희가 무엇이든지 땅에서 매면
하늘에서도 매일 것이고
너희가 무엇이든지 땅에서 풀면
하늘에서도 풀릴 것이다"(마태18,18)

꼴찌에게 박수를

억수장마 지던 날
범람하는 강물에
모두가 떠내려간다
삽시간에 물불은
계곡 저편에서 들려오는
안타까운 목소리
물은 계속 차오르는데
빨리 나가자고
퍼뜩 나오라해도
한사코 염려 말라며 안 나오더니
식겁해서 겁나게 부르는 소리
내 손 좀 잡아 주이소

그날 이후 모든 것이 뒤바뀌었다
모자란 듯 순종하는 이는 살아남고
내 뜻과 생각을 굽히지 않고
고집대로 살아가길 원하는 이는
사나운 물길을 이기지 못하였네

꼴찌가 첫째가 되고
첫째가 꼴찌가 될 것이다(마태20,16)

은밀한 초대

비로소
문을 열면 열리는 세상
예나 지금이나
삶과 죽음도 자웅동체인데
사랑도 그리움도
동전의 양면인데
믿음은 보이지 않는 것들의
실상 일지니
무엇을 주저하시나요?
부끄럼 없는 수줍은 선택으로
소망 담은 방주의 초대에
기꺼운 마음으로 응하신다면

새 하늘 새 땅을 바라보는 기쁨에
내가 살아갈 것입니다

삶의 자리

어디에 사나요?
어떻게 살아가시나요?
오늘은 어디에
마음 한점점심 두시겠습니까

저녁이 오면
고단함과 함께 밀려오는
고즈넉한 하루의 우울
만남의 생기로 뒤설레 이고

흰 갈매기 나는데
바다는 왜
파도를 철썩이며 우는 까닭을
묻노라면 한 잔의 낭만을 채운다

아쉬운 마음 뒤로 하고
둥지를 틀면
오늘 하루 일기가 된다

소리 없는 아우성

유람선 한가로이 떠도는
구월의 파도 치는 바닷가
언덕배기 한적한 공동묘지

비석도 없이 나둥거려져
천대받는 이름 없는 묏등우에
살포시 내려앉은 까치 한 마리
웃자란 풀 섶에서 쉼 하다가
인기척에 놀라 푸드득 비상하는
가을 하늘 더없이 맑고 푸른데

오가는 길손의 마음으로
낫 들어 한 줌의 풀에
무상한 세월의 감촉을 느끼며
풀어헤친 앞가슴을 깎아 여민다
한 평 남짓이면 누운 자리 다 같은데

날이 차오르면

임께서 떠나가셨다
온 산을 가을로 물들이시고
그렇게 떠나가셨다
하늘에는 까마귀 떼 까욱하다
북쪽은 폭음탄 놀이에 섬광이 번쩍인다
남쪽은 사시사철 네탓이요 내 탓이다
구원의 빈 수레 하늘 가는 길
소돔의 불 세례는 불꽃 축제일 뿐
용서받지 못한 마음으로
지붕 위에서 노래하지 말라
더 이상의 숙려의 시간은
공연한 사치일 뿐 나는 너에게
정나미가 뚝 떨어졌다
방주의 문을 닫아라

꽃이 되고픈 그대여

꽃이 되어 피고 지면서
세상의 관심과 자랑이 된다 한들
모두가 당신을 우러러본다 한들
낙엽따라 가실 때
무엇을 가지고 갈 수 있나요?
어느 화창한 봄날에
바람결에 실려 온 홀씨 되어
이 세상에 왔으니
바람과 같이 사라진들
실상은 아무도 찾는 이 없는데
거저 받았으니
거저 주어라
무엇이 아까우리오 마는
그래도 오직 하나
그대가 베푼 믿음과 선행만이
나그네 길 동무 되어 갈 텐데 아쉬워 말자

길 잃은 소경

미안하외다
길 좀 물어봅시다!
등불을 밝혀 들고
갈 길을 묻는다

그대는
그대의 갈 길을 아십니까
그대가 가르쳐 준 길
내가 가도 되겠습니까

미안하외다
그대도 나와 같다면
등불을 들고
길을 물어 외쳐 봅시다

어디가 길이요
어디가 진리며
어디가 생명인지
소경의 외침을 허투로 듣진 마세요

무애(無碍)

까마귀가 물어다 준
산당의 굿 떡으로
허기를 달래시는 이여

가난한 한 움큼의 빈 독을
자비로 채우시어
화수분이 되게 하신 이여

과부의 눈물 애통한 상여 앞에서
그 아들 잠 깨워서 돌려주시며
위로하시는 이여

목숨 걸고 걸어가는 무애의 길
박수치고 춤추며 노래하고
물 위를 걷는 길 중력은 사라지고
소경이 눈을 뜨며 물이 포도주가
되고 오병이어의 나눔의 잔치가 벌어진다

엎드려 눈물로 호소하시며
죽음을 깨우는 사자후에
하루의 일상이 유혹을 이긴 날
임과 함께 가는 길

은행나무 이야기

집으로 가는 그 예전에 야트막한 언덕길
밀어내어 도로를 만들더니
가녀린 가로수로 심었는데
무심코 바라본 그 자리에
아름드리 은행나무 즐비하게 서있어
사십 년 풍상의 세월
묵묵히 견디며 늠름히 서 있는
저 모습은 질곡의 세월 속에서도
오직 한자리에서 순종한 마음이리니
해마다 가을이 오면 알알이 맺힌 노란 열매를
아낌없이 내어주고
무성한 푸른 잎마저
노랗게 떨구어내고
마지막 잎새마저 벗어던지고
알몸으로 시린 겨울을
침묵으로 보내고서야 새봄을 본다

아름드리 너의 나이테와
세월의 풍상에 삭아 퇴색한
빛바랜 내 삶의 나이테는 얼추 비슷한데
믿음은 아직도 갈대인데
순종을 미덕으로 살아온 너는
아름드리 은행나무 되었다
아직도 가을의 길목에서 서성이는
나의 기도는 오늘 너에게 머문다

오해 #1

가을 국화가
온밤을 홀로 지새우며
꽃향기 추스려
활짝 피는 날
까닭 모를 울음이
함께 터졌다
왜 이제 서야 꽃이 피냐고
서리서리 설운 가슴
자지러지던 그 여름날
함께 울던 삐죽한 꽃대가
볼썽사나워
위로되지 않는다고
타박하던 기억이
찬란한 오해였음을
이제야 고백한다

오해 #2

그대 그리고 나, 우리들의
소담스런 꽃밭에서 뛰쳐나가
저만치 비켜서 홀로 핀 꽃

무슨 얘기를 들었을까?
무슨 속상한 일이라도 있었나?
바람이 전하는 말을
잘못 알아들은 것일까 아니면
부대끼며 사는 것이 싫어서일까?
혼자 바람맞으며
부는 바람에 의지할 곳 없어
흔들리는 그대의 모습
차마 아프다

흔들리지 않는 삶이
어디에 있겠냐 마는
진정 그대를 위하여
심중에 있는 말 한마디 한 것이
이리도 상처가 되어
오해 아닌 오해가 되어서
내 곁을 떠나버린 그대의 뒷모습

저만치 떨어져
홀로 피는 꽃이 될 줄이야

지금도
그대를 그리워하는 내 마음은
그대 곁에서 흔들리면서
함께 피어나는 꽃이고 싶다

오해 #3

선운사에
상사화 곱게 피었을까?
절 마당 뒤뜰에
무리 지어 흐드러지게 피는 상사화
하필이면 오해받게
온 산하 내버려 두고
절 마당 뒤뜰에서 꽃을 피울까?
이룰 수 없는 사랑
붉게 붉게만 타오르는데
안타까운 마음에
잎도 없이 피는 상사화
상사화 붉게 피는
절 마당 뒤뜰에는
갈바람에 흔들리는
풍경 소리 드높고
염불 소리 어우러진
꽃향기가 더욱 고웁다

오해 #4

산허리 감아 도는
운무를 바라보면
두고 온 내 고향
부모 형제들 생각이 난다

돈이 무엇인지
사업이 무엇인지
논 밭떼기 다 팔아 대처로 가자는
뜻한바 욕심을 채우지 못한
허우적대는 미친 상실감

넘쳐흐르는 객기에
삿된 소리 해대면서
다시는 고향 땅 이 집구석을
돌아보지 않으리라고
절연해 버린 쌩똥 맞은
오해 아닌 오해들

돌아서는 날 붙들고
엄니 굽은 손 가락지 빼주시며 우시면서
'못난 부모 용서해다오'

비 개인 하늘바라기
사모곡에 우는 마음은
천 갈래 만 갈래 찢어지는데
쓸쓸한 가을바람에
낙엽으로 져버린 님하

오해 #5

확 그냥
아니라고 오해라고
아무리 설명해주어도
먼저 오해한 마음은
좀처럼 돌아서지 않는다
요지부동이다
마침내 자리를 박차고 나간다
누구의 연락도 받지 않는다
찾아가 보지만 차갑게 외면한다
낯 설은 민망함에 어쩔 줄 모르는
내 모습에 비로소 오해는 참화다
밤낮없이 달래어 보건만
돌처럼 굳어지는 그 마음에
내 마음도 점점 멀어져 간다
너는 너대로
나는 나대로
도시의 섬이 되어 둥둥 떠다닌다
냉랭한 바람이 분다
그저 모르쇠로 살아간다
만남과 이별은 찰나의 순간
확연한 시각차이다
오해는 틀린 것이 아니라
보는 눈이 다를 뿐이다

오해 #6

생채기 없는 사람
가슴앓이 없는 사람
어디에 있나?
알고도 모른 척
보고도 못 본 척
듣고도 안들은 척
너의 허물이 너를 아는
나의 허물이 됨을
내가 너를 믿지 못한다면
너는 어떻게 나를 믿겠냐마는
너도나도 부족한 사람
어리석고 불쌍한 사람이다
배신이 두려워 내어 줄 수 있을 만큼만
마음의 문을 연다면
무슨 오해가 생길 수 있겠냐 마는
나를 위해 죽기까지 희생한
말도 안 되는 치열한
그대 삶의 여정을 따름은
참된 희망 일구는
아름다운 오해가 될거나
나 그대처럼 살 수 없고
그대 뜻을 이룰 수 없지만
그대만을 바라고
기쁘게 살 수 있다면
그대의 희생을 오해한
내 탓 이러니 내 큰 탓 이러니

오해 #7

은행잎이 노랗게 물들어 가는 날
검은 탄가루 날리는 막장
새까만 얼굴들
누가 누구인지 분간이 되지 않는다
서로서로 저 잘난 목소리만
울려 퍼진다
돌아서면 서로가 후회할 텐데
매캐한 가스에 정신이 혼미해진다
누가 먼저라 할 것도 없이
불을 붙인다. 폭발한다. 공멸이다

돌싱은 추억 만들기가 아니다
차가운 현실이다
맨날 취해서 혀 꼬부라지는 소리 한다
먹어도 먹어도 허기지는 마음은
무엇으로 채울 것인가?
처음에는 엇박자로 생기는
사소한 오해와 성격 차이였다가
점점 함께 숨쉬는 생활 공간까지
역겨워지기 시작한다
왜 내 뜻대로 내 뜻과 같이
하지 않느냐고 투덜거렸다
문제의 출발은 여기서 시작되었다

예수께서도 겟세마네 동산에서
피땀 흘리며 드리는 마지막 기도에서
"아버지, 아버지께서 원하시면
이 잔을 거두어 주십시오. 그러나
제 뜻이 아니라 아버지의 뜻이
이루어지게 하십시오"(루까22;42)
하고 기도하셨다

꼬물꼬물한 새까만 자식들은
어떻게 할 것인가?
차갑게 식어가는 자식들 마음은
어떻게 위로할 것인가?
네 탓, 내 탓에 멍들어 가는
어린 새가슴은 차라리 한쪽 편을 든다
갈라진 형제들
남과 북도 아니고
완충 장치 없는 전장이다
부정이 없는 배우자라고
흔쾌한 안도의 웃음이 나올까?
숙려의 시간이 흐른다
다시금 새로운 마음 다듬는
은혜의 시간이 되었으면 좋겠다
오해의 끝자락에는
이별이 장승처럼 서 있다

오해 #8

가시라고 가랑비
있으라고 이슬비
보기에 따라 생각에 따라
사정에 따라 달라지는
오묘한 요지경
내리는 비는 분명한 가을비인데
가랑비에 옷 젖는 날에
축축한 마음으로 소식 없는
그대 모습을 그리워한다
가시라고 채근하지도 않았는데
아, 가을이다. 가랑비 온다고
그 소리 한번 했을 뿐인데
노여움 안고 우산도 없이
내리는 빗속을 분연히 떠나간
님이시여!
이슬비 온다 하여도 그리 하실런지
오해의 범주는 종잡을 수 없네
그대 굳이 비 맞고 걸어간 거리를
나도 지금 비 맞으며 걸어가네

오해 #9

고단한 농투성이 검게 탄 시골 총각
혼자는 외로워서 도시로 나갔더니
만나는 사람마다 하루살이
인생길

농사일 힘들다고 내 딸은 도회지로
시집을 보냈더니 모두가 한통속에
아들은 짝을 못 찾아 매미처럼
울부짖네

정든 땅 다시 보자 귀거래 하였건만
어제의 고향 산천 달라진 풍경일세
텅 빈 집 찾아들 제 콩밭 매는
홀 엄니

짝없는 외기러기 다잡은 마음속에
영농은 특용작물 넘치는 억대 연봉
진작 알았더라면 헛고생은
안 할걸

농사일 기계화로 하루일과 짧은데
병들고 힘든 생활 그 옛날 말이로세
답답한 도시의 삶보다 더 반짝이는
청춘아

모르면 배우면서 하루살이 면해오고
농촌에 시집오면 나날이 행복일세
전부가 그대의 것인데 망설일 것
뭐 있노

오해 #10

시인은 뻥 쟁이라
감정의 과잉 반응을
오해는 할 수 있지만
거짓말쟁이는 아니다
시인의 감성은
간단치 않고 난해하다

사진을 찍듯이
보이면 보이는 대로
들리면 들리는 대로
느끼면 느끼는 대로
있는 그 모습 그대로
복사하듯이
표현하지는 않는다

각자가 살아온 남다른 삶의
특유한 감성을 자신의 용광로에 녹여
각양각색의 표현으로 나타낸다
어쩌면 오해를 받을 수 있고
오해하여도 할 수 없다
한번 쓰여진 시는
시인의 손을 떠나면
독자의 몫이 되니까

진실로
스스로의 감정을 기만하지 않고

세상을 희롱하지 않으며
감정의 유희를 즐기지 말고
오롯한 마음으로 진솔하게
자기표현을 할 뿐 이러니
시대의 정신이
대안적 낭만으로 나타난다

갈멜의 뜨락

높은 담장에 가리어진
갈멜의 뜨락에 가을이 오면
잊고 져 하여도
잊지 못하는 서러움 한 자락
홍시처럼 익어간다

서원에 울던 가슴
세간도 출세간 인양
살아 볼까 하여도
갈멜에 부는 바람도
낙엽 지는 가을이더라

임 그리워 우는 마음 노래하여도
텅 빈 둥지에 성긴 바람 지나고
아프다 아프다 하여도
가을 탓이리니
하늘 보는 맑은 눈에
어리는 눈물은 차라리 사슴이어라

임 그리워 우는 밤

임 그리워 우는 밤
목메어 울어도
더욱 서러운 날이면
서러움을 푸념하지 말자

달빛에 성긴 바람이
빈 둥지를 훑고 지나가듯
임 없는 세상
외로이 살아가는 서툰 몸짓들

그리움과 외로움은
하늘과 땅 차이다

아쉬움에 못다 한 사랑의 아쉬움에
길게 소리 높여 외친다면
그 목소리 그 메아리
먼 곳에 계신 임께서도
신새벽 닭 울음소리 듣는 듯이
들을 수 있을 텐데

저 하늘 저 땅 바다와 나무
천지창조 바라보면서
내 마음 무디게 가지지 말라시며
바람 앞에 등불 같은
어리석은 내 삶에서
임 그리는 기쁨 주심을 감사하여라

고독사

그는 어떤
허기진 그리움에
보고 싶은 사람
가슴에 새기고 갔을까?

외롭고 쓸쓸함이 싫어서
홀로 이 세상 등지고
저 피안의 세계로 갔을까?

지난겨울의
차디찬 방바닥에서
봄, 여름을 지나고 가을의 문턱에서
싸늘한 주검으로
다시 나타났을까?

임이 가신 그 세상도
어울림의 세상 일진데
누구를 원망하리오마는
내 마음 열어 당신께 드리지 못한 것을 부디 영면하소서

현대판 고려장

감소고우 상향
조상님 전에
축문을 흠향하고 불살라
무탈과 안녕을 빌어보는
시간 들이 점점 줄어들고 짧아진다

현대판 고려장인
*코르반이 판치는 요양시설
가리워진 진실의 사악함에
악어의 눈물이 흐른다

그래도 치매 병동은
효자들의 몫이다
삼시 세끼 차려주는 호사를 누림은
침잠하는 의식에 기름 부음이다

생로병사를 깨달은 석가모니불은
지금 어디에 계신지
어디로 헤메고 다니시는지
아득함에 감정의 소모조차 없다

바라보는 눈
초점 잃은 가여운 눈

나는 언제쯤 저 자리로 가는가?
빈대에 타오르는
LED 등이 더욱 고웁다

★코르반마르7,9의뜻
부모님께 봉양할 것을 하느님께 드렸다

내가 버린 모퉁이 돌

영혼을 춤추게 할
일용할 양식을 구하는 기도가
거추장스러울 때

"집 짓는 이들이 내버린 돌
 그 돌이 모퉁이의 머릿돌이 되었네"(마태21,42)

이사 가는 날 내버리지 못하고
언젠가는 쓰임새 있겠지
오만 핀잔 잔소리 들어가며
꾸역꾸역 실어온 가구처럼

한 우물만 판다고
늘 푼수 없이 살아간다고
오메 가메 우습게 여기던 사람

어둔 밤이 지나고
새벽이 오기만을 기다리는
얕은꾀 없는 우직함에
볼품없는 신실함에 반해

평강공주는 바보온달을
대장군으로 만들었네
깊은 산골 울리는 '심 봤다'
메아리가 정겨운 하루해다

범사에 감사하라

내일의 해를 바라볼 수 없는
사람이 허투루 하는 말
있겠냐마는

순간순간이 마지막이라고
여기는 사람에게 푸념이 있겠냐마는

꿈속에서도 고향을 그리워하는
사람은 돌아갈 그 날을 위해
소중한 하루 참고서 살아간다

불편한 장애를 지닌 사람은
올바른 생각은 할 수 있어도
똑바른 행동이 어렵듯이

배우지 못한 설움에
한 맺힌 삶을 살아온 이들에게
한글을 깨우치는 것도 쉽지 않듯이

이 모든 것 중에 하나라도
누리고 살아가는 임들이
범사에 감사하기란 참 어렵다

길 #1(길 잃어버린 너)

신나는 세상 놀이에 홀려서
슬며시 놓아버린 엄마 손
놀이가 끝난 뒤
울고불고 엄마를 찾아서
산지사방 헤메던 그 길이
영영 이별이 될 줄이야

그날 그 시간 그 자리 그대로
있었더라면 이토록 크낙한
이별의 아픔은 없었을 텐데
두렵고 놀란 마음에는
망각의 강물이 흐르고 흘러
남은 기억의 흔적마저 지워버린다

길 잃어버린 너를 찾아서
너덜너덜해진 벽보로 남겨진
어머니 마음은 대문도 닫지 못하고 이사도 가지 못하고
덜컹대는 바람 소리에도
살짝 밖을 빼꼼히 내다보는
야린 그 마음
길 위에서 눈물짓는 모정이
더욱 애달프다

길 #2(길 없는 길 위에서)

얼어붙은 히말라야
깎아지른 암벽에서
생명줄 하나에 의지하면서
길 없는 길 위에서
무엇을 찾으려는지

지나온 길 보이지 않는
거친 파도의 바다를 항행하며
세계지도 속에 그어진
빨간 줄을 찾아서
적도의 밤을 불 밝혀 보는 마음에는 아쉬움만 가득하다

칠충산을 찾아서
길 없는 길을 헤메이다가
면벽도 다 못하여 죽비소리 들리는데
절집 뒷마당에는 해탈의 상사화
흐드러지게 피었네

길 없는 길을 가는 길손이여
그대가 가는 길은
보이지 않는 길
정해진 바가 없는 길
고독을 벗 삼아 걸어가는 길

누구를 위하여 가는가?

무릇 살아있는
생명이 숨 쉬는 것들에 감사하며
거친 손 마디마디에
훔친 땀방울 배여 있는
우리 삶의 길에서는
정녕 길을 찾지 못하는 것인가?

길 #3(사막 가는 길)

삼킬듯한 모래바람이
세차게 부는 날에도
사막을 간다, 길을 찾아서

마르고 마른 가슴
인고의 세월이
얼마나 흘러야 모래가 되나?

때로는 먹장구름이 비를 쏟아
기억의 흔적만 남은
와디천을 만들기도 하겠지만

길 없는 사막에도
생명은 웅크리고 숨을 쉰다
밤이 오기를 기다리며

어둔 밤이 오면
달가운데 의자 내어 걸터앉아
별빛을 길어 올리는 어린 왕자
꿈꾸며

마르지 않는 샘이
흘러넘치는 사막을 찾아서
오늘도 새벽길을 나선다

길 #4(가보지 않은 길)

어쩌다 보니
어느새 이만큼이나
멀리 이 길로 왔나?

멈출 수도 없이
떠밀려 걸어온 길
지금 어디로 가고 있나?

저으기 바라보이는
가보지 않은 길 가고 싶어
문단속하고 집을 나섰다

돌아온다는 기약도 없이
가보지 않은 길에 대한
아쉬움과 미련 때문에 길을 간다

길 #5 죽음에 이르는 길(절망)

오늘 이 밤은
어디서 지새워야 하나?
길에서 잠드는 신세
고단한 하루해가 원망스럽다

차라리 홀몸으로 살아왔다면
산산이 깨어진 가정
철부지 어린 자식들에게
이 고통 대물림하진 않았을 텐데

하늘을 쳐다보기가 부끄러워
고개 숙인 무너진 가슴은
죽음에 이르는
병든 길로 들어선다

하여도 하여도 너무한 세상
절망의 나락에 떨어진
퇴색한 영혼의 바림질 속에서도
간절한 마음으로 부르짖는다

임이시여 당신을 사랑하는 이가
병들어 앓고 있나이다
어찌 이리도 외면하시나이까
그 병은 죽을병이 아니라
오늘 그는 새롭게 살게 되리라

길 #6(돌아올 수 없는 길)

떠나는 뱃전에 실린 마음은
그대로이지만
떠나버린 마음은 불러도
대답이 없는데

잊혀진다는 것은
내가 먼저 떠났음이요
그리워한다는 것은
떠난 그를 내가 잊지 못함이니

잊고저 또 잊고저 하여도
잊지 못하는 것은
내 마음에 붉게 새겨진
화인의 증표 때문이리라

아이야 손잡고 놀자 시더니
돛대도 삿대도 없이
절로 가는 배 황천 가는 길
길손 없을까 하여

돌아올 수 없는 길
그리움의 육신 벗어두고
어찌 그리 서둘러 가십니까
남겨진 이 몸은 어떡하라구

길 #7(고장 난 네비게이션)

웃으면서
아무런 걱정하지 말라고
가는 길을 잘 알고 있다고
네비가 있으니
세상 두려울 것이 없었다

초행길의 두려움도
간단한 주소만 있으면
아무런 탈도 없이
제 길을 찾아간다고
어이없는 믿음마저 가졌다

날이 갈수록
그토록 많은 길을
네비에게 기댈 줄은 몰랐다
어느새 어줍잖은 낙관론에
점점 길치가 되어간다

어쩌다 보니
내가 길을 잃었다
바쁘다는 핑계로 미루어둔
업그레이드 못한 탓으로
네비가 고장이 났다

내 인생의 동반자라고
큰 소리 치던 날
더 이상 낯선 곳 낯선 길에는
아무런 쓸모가 없다
아찔한 현기증에 마비가 온다

멀고 먼 우리의 인생길
여행을 떠나면서
네비에게 기대어 갈 수는 없다
어쩌다 보니 내가 길을 잃는
어리석은 삶을 살 수는 없다

길 #8(하늘 가는 길)

아무것도 할 수 없고
이제는 더 이상
머무를 수가 없어서
꽃피고 새들이 노래하는
하늘 가는 길 찾아 나선다

희망 없는 날을 보내며
스스로 말라 비틀어져 가는
마른 뼈들의 골짜기에
마르지 않는 샘물로
새 생명 살게 하시고

모든 눈에 눈물을 닦아
생기가 넘쳐나는
사람 사는 세상에
우리를 닮은 사람들 가운데
살아 숨 쉬는 임께서

슬퍼하는 나를 찾아서
울고 있는 나를 찾아서
병든 괴로움의 나를 찾아서
부르짖는 나를 찾아서
눈을 열어주시네

새 하늘 새 땅을 보여주시며
다시는 목마르지 아니하고
굶주리지 아니하며
죽음이 없는 구원의 기쁨
영원한 생명으로 초대하시네

사랑의 기쁨

그대는 나의 정원
아름다운 그대의 향기가
꽃보다 아름다운 사랑의 향기가
창가에 피어오르면
견줄 데 없는
내 사랑의 기쁨을 노래하리라

들판을 가로질러 말을 달리듯
벅찬 사랑의 감격이 채가시기도
전에 그대는 어디로 갔나?
숨어버린 그 얼굴 찾을 수가 없네
나는 도대체 그대에게 무엇이건데
말도 없이 사라졌나?

나의 사랑 나의 임이시여
그대 그리움에
밤이슬로 흠뻑 젖어 버렸다네
나에게 얼굴을 보이시고
그대 마음의 빗장을 열고
나에게로 오소서

새벽닭 우는 시간에
시린 마음으로 그대의 이름을

애타게 불렀지만 대답 없는 메아리만
사랑의 기쁨으로 꽃피던
나의 정원에는
엉겅퀴하고 잡초만 무성하더라

헝클어진 머리를 곱게 빗고
묵혀둔 정원을 갈아 일구며
기다리는 이 마음에
해처럼 빛나는 당신의 얼굴로
잡티 없는 푸르른 준마를 타고
오시는 나의 사랑, 나의 임이시여

마음에 든 병(자폐)

비바람 구름 거느리고 우레소리 드높은 날
쏟아지는 빗속에 마른 등가죽, 속살을 내보이던 대지는
흙탕물 뒤집어쓰면서도 속옷을 갈아입는다

비 그친 병원 뜨락에 활짝 핀 나팔꽃같이
혼자 환하게 웃으며 누군가와 대화 하는 듯
버럭거리기도 한 해맑은 영혼의 자폐아

어르고 달래며 안아주는, 어버이 마음
처연히 바라보면서 왠지 모를 서글픔, 짠한 마음
내 모습을 보는 것 같아진다

임께서 보살펴 주시지 않았다면
나 혼자만의 세상
무지와 독선, 아집의 울타리 속에
갇혀있는 들짐승처럼
포효하며 으르렁대는 삶, 살아온 그림자
어찌 지울 수가 있을까?

나만의 세상에 갇힌 자폐를 벗어야만
다 함께 살아가는 부처의 길, 발원하고
십자가 기꺼이 질 수 있는 희생의 날에
그대 순결한 피를 뿌릴 수 있으리라

구인광고

해돋이에서 해넘이까지
구인광고를 찾아다녔다
널린 게 일자리라는데
나에게 맞는 일자리는 없었다
얼핏 보면 이것저것을
너무 따진다고 해야 하나
당장 목마르다고 하여
구정물을 마실 수는 없다
오늘도 생계형 일자리 가뭄이다
외톨이가 된듯한 마음에
목구멍이 바짝바짝 타들어 간다

살피소서 임이시여
단비를 내려 주소서

해넘이에도 당신의 포도밭으로
나를 부르소서 그리하여
온 세상에 당신의 넉넉함을
자랑하게 하소서
해돋이에서도 일꾼을 찾으시고
해넘이에도 일꾼을 찾으시는
사랑하는 임이시여
이 몸을 불러주소서 곧 나아가리다

도장을 준비하라

어느덧
허겁지겁 살아온
내 인생의 여울목에서
산란한 물소리는 드높은데
여울 건너, 임께서
소리치며 하시는 말씀
"너의 도장을 준비하라"
뜬금없는 내 도장 어디에 두었던가
까맣게 잊어버렸다. 미련둥이다
도무지 알 수가 없다
새로 인감을 파서 등록할까?
나를 나타내는 도장
임께서 알아볼 수 있는 도장을
준비하여야 될 텐데
아득한 마음은 나락에 떨어지고
저절로 꿇어 엎드려 기도한다
나는 도대체 누구인가?

은혜 받은 그대여 돌아보지 말라

빈손으로 온 그대는
늘 자유 하였으나
허기진 마음은
은혜를 간청하였네

그대의 기도가
은혜의 꽃비가 되어
하염없이 내리는 날에는
그대 마음 돌아서지 말라

막상 은혜의 날에는
그 모든 것이 내 것 인양
내 자랑하면서
흥청거리며 살았다

부름 받아 돌아갈 몸이
늘어난 창고 즐비한 재물에
눈이 어두워 골방 속에서
배신의 음모로 싹을 틔웠다

한 바람이 세차게 불자마자
영락없는 조막손 거지꼴로
갇혀버린 형국이요
돌이킬 수 없는 날이 되었다

은혜 받은 그대의 몰락은
은혜 받은 그 날을 저주하며
그대 태어난 생일조차도
잊게 해 달라고 소리친다

흰 눈이 펑펑 내리는 날
새 삶의 옷을 입은 그대여
눈물의 강을 건너서
임에게로 오라

이제는 그대의 발자국
뒤돌아보지 말고
웃음으로 그대를 맞이하는
임에게로 오라

씨앗 #1

창조의 날
뜨거운 사랑 찰나의 시간에
귀한 말씀으로 태어난
김씨, 이씨, 박씨 등등등
민들레 홀씨 되어
온 세상에 흩날리듯
뿌려진 씨앗들
피부색만 다를 뿐
생각의 차이일 뿐 틀림이 아니다
서로 조금 다를 뿐이다
모두가 누구의 씨앗이며
누구의 이름으로 뿌리를 내렸다
그 씨앗들
차별 없는 우리를 닮은 사람이다

씨앗 #2(땅에 버려진 씨앗)

하늘의 귀한 씨앗이
땅에 떨어져 보육원 뜨락에
한 무더기 꽃으로 피었다

아네모네 사랑의
화려한 바람꽃이
길을 잃고 방황하던 날

마른 땅에 떨어져
버려진 씨앗들이
송이송이 소담한 꽃이 되었다

새벽이슬 머금은 뜨락은
밝아오는 동살이 서러워서
하냥 숨어 피는 그늘 꽃이 된다

지나가는 바람이 살며시
꽃들을 위로한다
새들도 함께 희망을 노래한다

씨앗 #3(가시덤불에 떨어진 씨앗)

죽이 되던 밥이 되던
살아야 될 것 아니 가
어째 그럴 수 있나?
묵묵부답이다
철부지 아이도 딸려 있는데
아무도 위로하지 않는다

그 질긴 인연의 끈은
지긋지긋하기만 한데
외면만 할 수도 없는데
새로 시작해보자는
미덥잖은 말들은
눈물에 잠긴다

해는 뉘엿뉘엿 산 너머 가고
애타는 마음은 갈피를 못 잡고
손바닥만 한 다랭이 논을
부치는 심정으로
가시덤불에 떨어진 씨앗은
어둠 속으로 숨는다

어디로 가나 길을 잃은
마음의 행로는 흔들리는데

그들만의 탓일까?
먼 훗날에 못 본체 모른척한
마음의 가시가 자라더니
무시로 허가심을 찌른다

씨앗 #4(겨자씨 한 알)

꿈을 안고 찾아간
임과의 만남은
나날이 놀라운 신체험의 현장
열광하는 무리 들
환호 소리 드높은데
나직이 호소하는 한 말씀
겨자씨 한 알만한 믿음이 있다면
안타까운 임의 소망이
십자가에 높이 매달리신 날에는
무너진 기대감에 실의에 빠져
터벅터벅 돌아가는
해 저무는 낙향 길 에서
우연히 만난 그 사람이
눈물로 허기진 마음에
그날, 그 시간, 그 뜻의 성경을
풀어주시던 고마운 길벗 되어
감사의 빵을 서로 나눌 때
비로소 눈이 뜨이고 귀가 열리는
엠마오 가는 길은
돌아서는 은혜의 길이다

씨앗 #5(믿음의 씨앗)

어둔 밤 짙은 외로움 속에서
혼자라는 것이 두렵고 무서워서
등불을 찾아 헤메이다가
답답한 어둠의 늪에 빠진다

가시덤불 엉겅퀴에 뒤덮여
잠 못 이루는 도시의 밤 가운데서
목 마르지 않는 샘물을 찾았으나
덩그러니 말라버린 실로암

더러운 입술의 찬송은
불타는 숯으로 태워버리고
지워지지 않는 낙인은
주홍의 글씨로 남겠지만

믿음의 씨앗을 찾아서
신새벽에 길을 나선다
당신을 믿는 이 마음 겨자씨 같지만
이젠 두려움 없다네

씨앗 #6(좋은 씨앗)

아, 달다
깊은 산속 옹달샘
솟아오르는 물맛이 이럴까?

목젖을 타고 꿀꺽 넘어가는
차갑고 시원한 물은
절로 탄성을 자아낸다

메마른 날에
밭에 뿌려진 좋은 씨앗이
단비를 맞는 심정이다

잡초 무성한 묵혀둔 밭을
임과 함께 일구어 추수하는
이 기쁨 임께 드리리

달디 단 이 기쁨
임께서 허락하신
천 배의 축복으로 모두 드리리

씨앗 #7(말씀의 씨앗)

믿을 수가 없다고
믿지 못해 살아온 세월은
나날이 악몽이더라

믿음 없는 입술의 뜨악한 말은
허공을 가르고 양날의 비수 되어
오히려 나를 찌르고

핏발선 의심의 눈초리는
불면의 밤을 새우다가
영락없는 배신을 꿈꾸더이다

믿어달라는 그 말 한마디에
냉정하게 돌아선 마음의 벽은
공허한 메아리만 남기고

왜 이렇게 사는지 묻기도 전에
밤하늘을 찢어내는 사이렌 소리
지치고 몸살 난 거리를 뒤흔들 때

말씀의 씨앗을 믿기만 하면
하루하루가 기도의 삶이 되고
미리 맛보는 소망의 날이 되겠지

영혼의 샘

솟아올라라
영혼의 샘이여
마른 뼈들의 골짜기 적시고
굳게 닫힌 하늘 문을 여시어
꽃 피고 새 우는
생명 나뭇가지마다
탐스러운 소망 열매 알알이 맺히어
그 씨앗 계시의 누룩 되어
임 향한 그 마음 부풀어 솟을레라

영성 #1(외로움)

어머니 태를 열고
첫울음은 망연한 외로움이었다
에덴에서 추방당한 설움에
시도 때도 없이 외로워 울었다

하나는 외로워 둘이 되어
영산홍 흐드러진 봄 동산에서
풀풀 단내 나는 열병을 앓으면서
변치 않는 사랑의 약속 했건만

마음 따로 몸 따로
지금 그 사람 가버렸지만
책갈피에 꽂힌 연분홍 추억 하나
외로움은 적금 붓는 것이 아니다

이제는 아름다운 시절의
금빛 사랑을 뜨겁게 회상하며
재가 되는 순간까지
아낌없이 타올라라

어차피 사람은 외로움 아니더냐
너도나도 스쳐 가는
인연이 아니더냐
오늘도 광장에 서 있는 자연인이다

영성 #2(기도)

#1
기도할 줄 모르는 사람은 있어도
기도 한번 해보지 않은 사람은 없다
기억도 가물가물한 그때 그 시절
기도를 잊은 젊은 혈기는
삶의 축을 된통 흔들어 놓았다

#2
설마, 사람 잡는 설마는
너와의 만남
그 황홀한 순간에 나타났다
너만을 바라보다가
눈멀고 귀 먼 콩깍지에
열정의 시간은 상실의 아픔이 되고
다시 보고픈 어리숙한 바람은
안타까운 공허한 노래가 되었다

#3
차표 한장 사기 위해
귀성 열차 예매 창구의
늘어선 줄에 매달려
떠나온 고향산천 그리워하며
꼬박 밤을 새우는 간절함은
차라리 기도가 된다

#4
어느 희붐한 새벽 회당에서
보기에도 심각한 얼굴로
생뚱맞은 바램으로 올리는 기도는
설익은 고민이요 청탁일 뿐
어둠은 지나가고
새날을 볼 수 있는 기쁨과
살아있는 날에 대한 감사가
언제라도 만날 수 있고
언제라도 볼 수 있어서
살가운 마음 저절로 샘솟는 날들이
우리들의 살아있는 기도이다

영성 #3(기다림)

내 마음에 미쁨이 되신
임이 오신다기에
임 마중 채비하고 나서는 길에는
아지랑이 아롱대며
수런거리는 징검다리 물소리 난다

흙내 나는 봄바람에
겨우내 움츠린 새가슴 활짝 펴고
어디쯤 오실까 하마나 오시런가
까치발 세우며 기다려 봐도
보이는 건 담벼락에 붙은 구인광고 뿐

동 살에 물비늘 이는 강가에
언뜻언뜻 새겨진 흔적이
임의 발자국 같아서
숨은 그림 찾듯이
또, 하루를 보낸다

기약 없는 기다림이
하도 허우룩하여
지친 마음에 뒤돌아보니
꽃향기 피우는 봄 동산에
이미 와 계신 복된 말씀이시여

*

미쁘다: 믿을만하다
동살: 새벽에 동이 터서 훤하게 비치는 모양
허우룩: 마음이 매우 서운하고 허전한 모양
물비늘: 반짝이는 잔물결

영성 #4(침묵)

폐허가 된 외딴집에 살다가
사막 같은 악다구니 틈바구니에서
그날의 침묵이 하도 부끄러워
하던 일 팽개치고
홀로 여행을 떠난다

구도의 길에 선
묵언 수행은 아닐지라도
차오르는 울분 삭여 두고
가진 것 없는
빈손으로 여행을 떠난다

벼리고 벼린 맘속의 칼날은
침묵 속에 감추고
아무것도 모르는 아이처럼
천진난만 그 마음
함께 놀며 들여다보자

낯선 땅
낯선 사람
낯선 말 낯가림에
아무런 말도 하지 못하고
그저 바라만 보고 있었다

어둠 살 내린 산하에
타인의 그림자가 아닌
나만의 여행을 위해서
마중물로 침묵하고
또 침묵했다

흔들리면서 살아가는
나를 위로하고 다독이는
만남은 아름다운 것
말갛게 씻은 나를 부둥켜안고
허기진 세월을 울며 채웠다

보이는 것이 전부는 아니라지만
이제 그대의 침묵은
보고 듣고 느낀 것을
가감 없는 진실로 말하는 것이
그대의 침묵이어라

영성 #5(교만)

하늘바라기 어긋난 만남에
날마다 바벨의 탑을 쌓고
시 건방 늘어진
부족함을 모르는 날에도
몸에 좋다면
생명나무 열매도 따 먹으면서
눈 밝혀 서슬 퍼런 호통치며
무릇 살아있는 모든 것들에
내가 나임을 한껏 치켜세우던
자존심 상한 교만 덩어리

오히려 가진 것을 모두 잃어버린 날
순종을 모르는 무리 들 한가운데서
비로소 깨닫습니다
원래가 빈손으로 태어났음을
모든 시간이 멈춰버린 순간에
얼마나 많은 시간 들을
감사를 모르고 헛되이 보냈음을
비우고 또 비운 가난한 마음에
낮추고 낮춘 겸손한 마음에
살아있는 생명의 빛 있음을

영성 #6(희망 고문)

열린 듯
닫힌 듯
가까이하기엔 너무 먼
봄바람에 속삭이는 말은
귓바퀴에 간질간질
다가서면 멀어지는 그림자놀이
이도 저도 아닌 밀당
시이소 게임은
아득함에 한숨짓는
희망 고문이 된다

영성 #7(몰沒이해)

허연 서리 성성한 날에
흐르는 강물 따라
떠나가는 돛단배를
애타게 부르는 심정으로
가물가물한 옛 기억의
소소한 그림자를 이리저리
퍼즐 조각 맞추듯 하시는
안타까운 임이시여

발치에 앉아서 한 시간 남짓
계속되는 말동무에 슬슬 지쳐가는
그대의 투박하고 무성의한 댓 구에
와락 눈물이 솟구친다
모진 세월 탓하지 않고
내리사랑 그대를 품고서
금이야 옥이야
기쁨으로 살아온 임이신데

그대는 누구냐
본데없이 망가져도 너무 망가진
몰상식과 몰이해가 일상이 된
그대를 고발합니다
행여나 남이 볼세라 외면하며
서글픈 현실이 하냥 부끄러워
두 눈 꼭 감고 소리죽여 우는
나는 도대체 누구란 말인가?

영성 #8(기도)

아빠하고 부르는
맑은소리 고운 인연
본디 너와 나 하나인 것을
무슨 차별이 있으며
너를 바라고
어찌 기도 않을 손가
무심히 피어나는
이름 모를 저 풀꽃들에게도
한마음
한 말씀
새겨놓은 깊은 뜻을

영성 #9(죄의식)

무심코 내 뱉은
마음에도 없는 한갓진 말 한마디가
상처가 되었나 보다
차갑게 돌아선 그대의 모습에
순식간에 얼어붙은 내 삶은
감동 없는 나날의 연속이며
헝클어진 오류투성이에
서서히 어울림 세상 밖으로
주변인이 되어
뜨악한 삶의 진술마저
거부당하고 있다

영성 #10(존재의 이유)

붉디붉은 노을에
저무는 해 바라보며
점점 가까이 마주하는 생의 피날레
들끓는 마음은 방년의 소년
여축없는 쑥대머리 응석받이
그대로인데

임께서
나를 여기에 심은 뜻은
꽃을 피우라 하심인데
어떤 꽃을 말씀하시는지
퀴즈 같은 아리송함에
묻고 또 묻는다

끼리끼리만 어울려서
이질의 응착을
비웃고 냉소하며
편 갈라 피는 바람에
흔들리는 꽃들의 부대낌
새삼스레 치졸미를 본다

있는 그 모습 그대로
용기 있게 바라보지 못하는
편견과 오만의
나의 꽃, 나의 향기는
지금 여기
어떻게 머물고 있을까

영성 #11(단 하나의 소망)

단 하나의 소망 있으니
내가 죽어야 네가 산다면
미치지 않고서야
불러도 대답 없는 너를
울어 봐도 소용없는 너를
기다리며
기꺼이 그 십자가 지진 않았을 텐데
세 개의 못에 박힐 때는
돌아오지 않는 너를 찾아서
아파하는 너를 위하여
희망 잃어버린 너를 그리워하며
철철 피 흘리며 울었다
어찌하여 나를 버리시냐고
원망도 다 못하는 오후 3시
두 폭으로 갈라지는
또 하나의 하늘 소망
비로소 내가 죽고서야 네가 사는
부활의 기쁨 맛보리니

치유 #1(내가 임을 아나이다)

기억의 지평선 저 너머로
돌아올 수 없는 먼 길을
훠이훠이 떠나신
나의 사랑, 임이시여

흐르는 세월의 강기슭에
매듭진 인연의 끈을 잘라버리고
호올로 무심한 강물 따라
가버린 임이시여

창살 없는 기억의 감옥
골짜기 골짜기를 헤메이다가
깊은 구릉 허방에 빠져
마른 손 내미시는 임이시여

잡은 손 뿌리치며
나 살기 바쁜 핑계로
건성건성 애써 외면하던
뻔뻔한 퇴행성 낯가림에도
그저 고개 숙인 임이시여

알듯 말듯
뜻 모를 웃음 지으며

누구시더라 되물으시며
박수치며 좋아라 하던
하염없는 먼 산 바라기 임이시여

달마저 없는 밤
한 줄기 빛도 없는 어두운 밤
지치고 병든 마음 버림받은 몸
이제야 용서를 청합니다
내가 치매를 앓고 있었다고

임께서 누구냐고 물어도
임께서 모른다고 하시어도
골수에 사무치는 몸부림에 우는
사모곡은 아니어도
내가 임을 아나이다

잃어버린 그 기억, 그날들
함께한 내가 임을 아나이다
임께서 침묵하셔도
내가 임을 아나이다
나의 사랑, 나의 임이시여

치유 #2

진정, 아무런 방법이 없을까?
불면의 밤을 지새웠건만
아픔보다 더 아픈 말
네 탓이오
의지하고 기댈 곳 없는
네 탓이오

울화를 이기지 못하여
가슴으로 삭히다가
덜컥, 상해버린 병든 몸이사
원망도 다 못하거늘
억울함의 몹쓸 회한 덩어리

기적, 그 어렵고 힘든 말
도무지 믿을 수 없는
안쓰러운 자욱한 안개 속에서
울며불며 길을 찾았건만
한 치 앞도 볼 수 없어
나, 좀 살려주오

재산은 나누자고 오기부림 하면서도
눈물로 호소하는 그 아픔
그만큼만, 함께 할 수 있다면
바로 지금,
그대의 뜨악함으로 치유됨을 아는가!

치유 #3(너 같으면 어쩌랴)

치미는 울분
그래, 그려 하며 돌아서서
거친 심호흡 한번 하고 가슴 한 켠 고이 접어
날 밤을 세웠더니 명치 끝이 아리고
온 가슴에 시퍼렇게 피멍이 들더이다
세상에 나 같은 사람이 또 있을까 하고
차별 없는 세상, 목욕탕에 갔더니
모두가 피멍을 안고 묵은 때를 벗기듯
저마다의 울음 울며 거듭남을 살더이다

치유 #4

삭풍은 마른나무 끝에서 울고
우묵한 설악의 덕장은
겨우내, 얼다가 녹다가
황태로 겨울을 나고
눈보라 휘날리는 편서풍에
영광 앞 바닷가 노란 배를 내밀던
조기는 얼었다 녹았다 하면서
설대 목장에 굴비로 거듭난다
찬 바람 부는 너른 마당
덩그러니 휑한 빨래줄에
몸을 기댄 빨래는 얼다가 녹으면서
뻐등뻐등 마르고 있다
섣달 그믐밤
시린 손 호호 불며
해묵은 삭정이 다 끌어모아
가마솥에 불을 지핀다
매캐한 연기에 풀어헤친 앞섶으로
더운 김이 훅훅 솟는 날
새날이 오기 전에
내가 너를 씻기었다

치유 #5

하늘이 무너지는 날
밤은 하얗고
낮은 깜깜하더이다
도대체 왜
하필이면 내가 왜
무슨 잘못을 하였는지
위로는 콧등으로 들리고
관심의 눈조차 사갈시하며
억울한 마음은
억장으로 무너지는데
삼단같이 검은 머리카락
허공으로 날고
목소리를 빼앗긴 카나리아되어
더는 어찌할 수 없는
침묵의 심연에 빠진 날
침묵의 밤은 더욱 깊어만 가고
한 줄기 빛조차 없는 밤
비로소 임의 목소리는 나음의 신비다

치유 #6

병든 마음 상한 몸
울다가, 울다가 지쳐버린 날
물끄러미 바라보다가
두 손 모아 다가서는
눈물 고인 하늘바라기
우러러 속삭이는 임의 한 말씀
나의 벗, 나의 사랑
오늘 내가 너를 낳았다

치유 #7

아프구나
진작에 왜 몰랐을까?
너의 맑은 웃음만 바라보다
너무나 무심했구나
돌아서서 속울음 우는 너를
차마, 알지 못했구나
후회로 어룽지는 먹먹함에
밤새워 짓무른 눈
아, 내가 너 대신
아플 수가 없을까?

치유 #8

가위눌린 꿈이었나
자다가 놀라서 벌떡 일어나니
심장이 두근두근 오글거려서
식은땀이 줄줄 흐른다

아, 나서지 말 걸 그랬나?
공연한 마음의 후회가 밀려온다
그래도 진실을 말한 것뿐인데
새삼스레 오금이 저린다

나 딴에는 정의라고 생각했는데
뻘쭘하게 외면당한 무기력한 내 모습
아무런 말도 하지 않고
기억의 쪽방에 나를 가두었다

그렇고 그런 세상이라고
그렇고 그렇게 살면 안 되는데
하늘이 부끄러워 바라볼 수 없다
얼굴을 들고 나다닐 수 없다

사방에서 나를 해코지하려 한다
트라우마다

겉보기엔 멀쩡해도
숨 가쁜 호흡의 연속이다

함께 사는 우리 세상
인연의 끈은 자르지 말고
그 모습 그대로 인정해주고
그에게 바라는 대로 해 주면 안 될까?

눈물로 씨뿌리는 사람들

별이 빛나는 밤에
연분홍 그림엽서에
나만의 감성을 붓끝에 담아

'하늘과 바람과 별과 시'
그의 안타까움, 풋풋한 첫사랑 열병
푸르른 시 밭에 꽃씨를 심던 청춘의 연가

허기진 갈망은 이내 중독에 빠져
거친 들판에 미로의 돌무지 쌓아놓고
검역 없는 나날을 보내다
철 지난 바닷가 모래밭에
화석이 되어버린 발자국과 파도 소리
철석 이는 금단의 몸부림

이 제나 저제나 흐르는 세월 속에
돌이킬 수 없는 청춘의 얼룩진 시간
잡초, 돌무더기 가득한 가시밭길
홀로서기 서툰 괭이질로
송글송글 땀이 맺힐 때
시 밭을 가꾸는 먹먹함에 홀로 겨워
오늘도 벗들에게 송가頌歌를 보낸다

그분의 소리

불타는 신의 산 호렙이여
거룩한 불무리 떨기나무 가운데
두려움의 걸음마, 한 걸음씩
맨발로 내려서는 부서지고
낮 추인 마음
차갑지도, 뜨겁지도
늙지도, 젊지도 아니한 날들
제멋에 겨워 어둠의 골짜기를
날뛰던 꿈같은 시절
우레같은 소명의 소리
곡진한 초대의 말씀 울리오나니

−아직도 너는 나의 기쁨이요
−희망이니 새 생명이 되어라
−나이가 들어 늙는 것이 아니라
−소망이 없어서 늙는 것이다

입원실 유감

너도 환자 나도 환자, 6명의 다인실
여기에도 눈에 보이지 않는
위계와 서열이 존재함일까
아마도 먼저 입원한 익숙함이리라

하룻밤 자고 났더니, 원성이 자자하다
밤새 잠을 못 잤다고 푸념이다
오랜 세월 함께 해온 질병 같은
코골이가 환우들에게는 밤새 고문이 되었다
딱히 내가, 그러나
스스로 통제할 수 없음이니 안타까울 뿐이다

바람이 세차게 분다고
뇌성에 벽력이 친다고
누구를 원망하진 않는다
그저 불편한 진실이려니 하고
덮고 산다면 너무 염치없는 일일까

새봄이 다가온다
자연을 거스르는 생떼의 삶을 살다가
새봄이 오기 전에 생체 리듬의
망가진 몸의 질서를 회복해야 하겠다

어우러짐은 조화의 삶이런가
조화는 양보의 미덕이런가
나를 잠시 잊어버리고 상대를 위한
배려가 삶의 질서와 향기가 아니던가
나란 인간 아직도 무소의 뿔을 쳐들고 산다

痛症 #1

곪을 대로 곪은 속 창자
헐어버린 벽에 천공이 나더니
급기야 입원한다
금식의 딱지를 걸고
하루 종일 링거를 달고 각종 검사실을 업무 감사 하듯이
한 바퀴 돌고 나니 입원실 천장이 노랗다

오가는 천사들이 궁금증을 묻는다
통증은 없었습니까
대답이 싫어 입을 다문다
고개를 갸웃거리더니 혼잣말이다
엄청난 통증이 있었을 텐데
불감증은 아니지요 하고 되묻는다
대학종합병원 각 과장들이 모여서
의논 중이란다
언제 어디서 어떻게 시작해야
좋을지 지혜를 모으고 있다는
전언에 무감각한 내 삶의 통증을
생각나는 대로 시로 쓸 작정이다

痛症 #2

딩동
"내일 부터 출근을 하지 않아도 좋습니다"
난데없이 문자로 해고 통지를 받았다
일요일 저녁 10시였다
내일 출근을 위해 일찍 잠자리에
들려고 하는 순간이었다
장난이거니 하고 피식 웃으면서
발신자를 확인하는 순간 소스라치게 놀랐다
십 수년을 함께 일한 사장의 전번이었다
도대체 무슨 까닭이 있는 걸까
회사도 아무런 문제 없이 잘 돌아가고 있는데
아닌 밤중에 홍두깨라더니 문자 한 통에
아득함을 넘어 정신 줄을 놓게 된다
도대체 무슨 일이 일어난 것일까
야밤에 사장이 이런 문자를 보내는 진짜 이유는 무엇일까
농담도 아니고 취중 이래도
이해가 되지 않는다
온몸이 감전된 것처럼 부들부들 떨린다
알 수 없는 분노와 욕지기가 솟는다
날이 밝아 출근해보면 알겠지만 당장에 입은 쇼크는
통증조차 없다. 어안이 벙벙하여 멍을 때리고 있다
그래 좋아하고 오기로 때려치우고 싶지만
그럴 형편이 되지 않는 50대 가장인데
무력감에 온몸이 사시나무 떨리듯 떨면서

분노로 차오른다. 오만 잡동사니 같은 생각으로
겨울의 긴 밤을 하얗게 지새운다
희붐한 새벽이 밝아온다
가슴에 통증이 온다
힘없는 발걸음으로 출근을 한다
하룻밤 사이에 10년은 늙은 것 같다
가서 어쩌지 결국엔 참고 인내하며
나의 형편을 하소연하며 사정해 볼 수밖에 없지 않겠나
찬바람이 귀밑을 스쳐 간다
한 시간 이상을 나의 잘못과 새로운
각오를 말하면서 그의 무릎 앞에 머리를 조아렸다
생각해 보자는 말 한마디에 지난밤을 짓누르던
알 수 없는 통증이 사라지고
한숨과 함께 어리는 눈물이
냉가슴을 후벼판다

痛症 #3

아프다
바늘로 콕콕 찌르는 듯이 아프다
의수를 했는데도
잘려나간 팔뚝이 아프다
아무리 아프다고 호소해도
심인성이라 처방전이 없단다

엉터리 의사투성이다
이리도 아픈데
차라리 마음이 아프면
그 말을 듣겠지만 설명이 안되면
아프지 않은 것인가
나의 삶도 너의 눈이 기준인가
아프기는 내가 아픈데

痛症 #4

너는 너대로
나는 나 대로
각자가 저 할 말만 했을 뿐인데
너는 너 편한 대로 알아듣고
나는 나 편한 대로 알아들어
말귀가 마른나무 가지 위에
연줄 걸리듯 걸리고 뒤엉켜
세차게 부는 바람에 칼 대지 않아도
통증으로 떨어져 나갈 것처럼 윙윙거린다

피 흘리는 상처 때문에
사람이 쉽게 죽지는 않지만
진통이 되지 않는 아픔은
만성 통증이 되어
소금 꽃이 하얗게 가슴에 피는 날
소통의 부재를 한없이 원망하며
고갯마루에 우두커니 홀로 선
장승이 되어 맞바람을 맞으면서
시린 통증에 속울음 운다

痛症 #5

통증이 없다면
아파도 아픈 줄도 모르는
무감각한 시간을 보낸다
무통 주사를 달고 일상을 산다면
죄의식은 점점 사라져 둔감해지고
배려 없는 얼굴을 예사로 들이대는
무자비한 모습으로 변하여
오직 나만을 위한 괴물이 된다

내일이면
되돌아오지 못할 사망의 길로
가는 줄은 꿈에도 모르고
회개할 기회조차 얻지 못하고
무저갱의 나락으로 떨어지는
통증을 모르는 삶을 살아가는
너를 외면하고 그대로 둔다면야
나 또한 너와 하등 다를 바 없어
와락 눈물이 난다

통증 없는 삶을 산다는 것은
제동장치 없는 자동차와 같아서
살아도 산 것이 아닌 두려움이요
통증은 깨어 살아 숨 쉬고 있음이니

예리한 감성의 붓끝을 다하여
너와 나 함께 사는 세상의
날 선 아픔의 통증을 감사하며
살아있는 날을 기꺼워하자

痛症 #6

바람의 언덕
통증에 무디어진 야생의 세월
깎아지른 돌무지 틈바구니에서
그리움 안고 함초롬히 피어나는
구절초 꽃 더미, 어디선가
아련한 옛사랑의 그림자가 인향으로
다가오면 갈무리 못한
어찌할 수 없는 마음의 행로는
가버린 날들의 빈 손짓이 너무도
설움에 겨워 길을 잃고 헤매고
사람이 사람을 좋아하는데
이리도 가슴 저미는 통증을
느낄 줄이야 부는 바람에
앞가슴을 열고 차갑게 식혀보아도
그리움은 통증만 더해간다

痛症 #7

지랄하네!
형제들 간에 그 꼴이 뭐꼬!
유산 때문에 개뿔
유산도 하나도 없구먼!
갈라놓고 부추기는 놈들 땜시
할 말 못 할 말 구분하지 못하고
도덕과 윤리는 웃기지 말라고
감정의 끈을 붙들고 편 가르기 하다
서로 간에 눈을 부라리며
헛소리 말라고 입씨름하다가
민족상잔의 비극으로 끝내 등지더니
연락마저 끊고 외면하고
쳐다보지 않고 지낸 세월이 얼마인가

죽기 전에 돌아가신 부모님 만나면
면목이 없고 할 말이 없다며
화해하자는 자리에서도 서로 간에
내가 무엇을 잘못했냐며 잘잘못을
가리자며 들쑤시고 씹는다

명절이 와도
부모님 산소 벌초 문제로
니미락 내미락 하다가도

명절날은 각자가 가족여행 간다고
가관이다 소가 피식 웃는다
이산의 아픔은 변명으로 정당화되고
점점 퇴색되어 간다
조카들끼리는 아예 서로가 남이다
서로의 이름조차 기억에 사라진다

성묘 가는 발걸음이 무겁다
속상한 마음이 피를 철철 흘린다
그래도 믿음생활 한다고
교회로 간다
미안하다고
잘못했다고
내 탓이라고
이 한마디 말을 아끼면서 기도한다
고개 숙인 통증이 목덜미를 짓누른다
메마른 눈물이 습관적으로 아멘을
되뇌인다. 아, 임이시여 불쌍히
여기어주소서, 진실을 외면하는 통증에
또 하루를 보낸다

痛症 #8

무심코 건강검진을 한 병원에서
청천벽력 같은 소리를 듣는다
혹시 잘못 들은게 아닐까
되물어 본다
친절하게 소견서를 써 줄 테니
대학병원으로 가보란다
빠르면 빠를수록 좋다고 한다
심장을 짓누르는 압통이 온다
다리가 풀려서 한걸음도 내딛지
못한다 멍하니 어찌할 바를 모른다
하늘이 노랗다
아무런 대책 없는 의문이 꼬리를 문다 왜 하필이면 나일까
내가 무슨 크나큰 잘못을 했기에
또 무슨 몹쓸 죄를 지었기에
무심한 하늘을 쳐다보아도
대답이 없다

이 모든 게 화병이요 스트레스 때문이다
아무도 꼴을 보기 싫다. 만나고 부딪치는 인간들이
스트레스의 주범과 같다. 아무런 말도 못하고 며칠 몇 날 밤
눈물로 지새워도 알아주는 이가
없다 오랜 망설임 끝에 암 진단받은
사실을 알리자 그제야 온 집안 식구들이 호들갑을 떤다

지친 마음이 대학병원을 찾는다
수술 순서를 기다리는 데만 6개월이다

또 한 번 절망 한다 혹시나 해서
인맥을 동원해서 급하게 수술할
방법을 찾아보았으나 헛세월이란다
유명 교수의 집도는 방법이
없단다. 이 병원 저 병원 수소문 하니
마침 한곳에서 한 달 이내 수술할 수가 있다고 한다
구원의 은혜를 입은 것 같다

재빠르게 준비해서 입원하고
수술하여 나비 같은 갑상선암을
떼어 버렸다 한 순간에 목소리를
잃어버린 카나리아가 되었다
아는 이들이 소문을 듣고 줄줄이
병문안이다 대답할 힘조차 없다
그래도 한마디씩 위로의 말을 하신다
본인들이 경험하지 못한
일에 위로의 말은 야박하기만 하다
"그래도 다행이라며 갑상선암은
착한 암이라서 떼어 버리면 걱정할 것 없다"며
위로 아닌 위로를 한다
어느 누가 착한 암과 나쁜 암으로 구분 지었을까

형제자매조차도 그런 시답잖은 소리로 위로한다
수술 후에도 감내해야 할 예후와 전이를
걱정하는 환자에게 아픈 마음의 고통을
함께 나누어 가지기보다는
어쭙잖은 위로로 통증에 통증을 더한다
벗이여! 제발 침묵 속에서
내 손을 꼭 잡아주오

애상(哀傷)

하늘이 저리도 푸른 날에는
눈물이 겹도록 보고 싶은
그런 사람이 있더이다

가슴을 저미고 또 저미어도
사무치는 마음에
가슴이 터지도록 보고 싶은 날은
보고 싶은 마음 어쩔 수 없더이다

볼래야 볼 수 없는 그리운 날들이
애상으로 남을 줄은
예전에는 미처 몰랐더이다

인생 소고(人生 小考) #1

인생이
대차대조표로
설명되는 것은
분명히 아니지만
어쩌면 밀물과 썰물의
반복과 같아라

밀물에 몰려오는
넘치는 기쁨과 즐거움
더는 어찌할 수 없는 듯한
행복의 시간들도
쌓아놓은 모래성처럼
흐린 기억 속으로 사라지는

썰물이 되면
텅 빈 가슴 하얗게 열어놓고
작열하는 뙤약볕에서
소금밭을 일구는 듯한
아찔한 실패와 부끄러운 좌절
경험은 지우고 싶은 기억이지만
거짓 없는 인생에
쓰디쓴 자양분이 되었다

머물 수 없는 시간 들
밀물과 썰물이
뒤엉키는 삶의 꼭짓점에서
얻은 것은 무엇이며
잃은 것은 무엇인가
인생은 피었다가 떨어지는
꽃잎과 같은 것
살아 숨 쉬는 갯벌의 생명이 되어라

인생 소고(人生 小考) #2

노년의 삶이 재앙이 되는 세상
노인이 필요하지 않는 세상은
지혜는 사라지고 실용이 판을 친다

벗 없는 세상 살아가기 버거워
수용소 군도 요양병원으로 간다
낫기를 바라는 것이 아니고
그저 연명을 위한 길이다

그까짓 거 혼자서 살아도
귀는 멀어져 가고
눈마저 침침해 져도
목마른 날에 내 피붙이 딸을 만나면
저수지 봇물 터지듯
끝없는 하소연 하는 즐거움에
진정으로 살아 숨쉬는
감사의 기도를 올린다

꼼지락거리는 보리 새싹 같은
새 생명을 바라보며 키우는 재미에
온갖 호사를 다 부리면서도
거동 불편하여 꾸무럭대는
뼈 마른 생명을 외면하는 자여
그대의 마음을 무디게 갖지 말라

아무것도 바라지 않는다
무병장수가 아니면
늙기도 서러워지는
현대판 천형이 되어버린
기가 막힌 현실 앞에서 깊어 가는
고독이란 병마에게 무릎을 꿇다가도
그대의 관심과 안부의 말 한마디면
덩실덩실 춤을 출 텐데

사랑하는 그대여
더는 참을 수 없다
늙어 가는 얼굴을 가리지 말고
이제는 그대가 믿는
믿음의 신 앞으로 나서라
어렵고 힘들고 병든 나약한 사람
함께 사는 인간의 길로 나아가자

꽃기린(가시 면류관)

그대가 그리운 날에
그리운 이여
이 가을 어떻게 하나요
자꾸자꾸 붉게만 타오르는
익어가는 이 가을 어떻게 할까요

붙들지 못한
차마, 붙들지 못하여 떠나보낸
가시나무 새가 된 지난여름 이야기
보내고 하냥 그리워하는 이 마음
그대 붙들지 못한
내 마음을 아시나요

빨간 가시면류관 함뿍 피워
그대의 향기 묵상하고
피를 토하는 가을의 정취에
마음마저 물들어 가는데
찬 서리 오기 전에
그대 이름 나직이 불러 봅니다

내 손을 잡아주오

징검다리 건널 때
두렵고 떨리는 마음
부끄러이 손을 내밀면
기꺼이 등받이로
건네주던 그 사람

사위어가는
세월의 모퉁이에서
어 둔 밤길 가는데도
저 혼자 저만치 앞서가더니

풀꽃의 향기로 녹음이 짙은 날
가녀린 손 내밀며 함께 가자하여도
먼발치만 바라보던 무심한 사람아

잎새에 이는 바람
가을이 오기도 전에
그리움 남기고 가버린 임아
내미는 손 붙잡고 일으켜
세워나 줄 걸!

진창에 핀 꽃

겨울, 봄, 여름, 가을
사계절이 바뀔 때마다
생 몸살을 앓다가
방랑이라는 고질병 도지면
삶의 궤도는 원심력을 벗어나
어디론가 훌쩍 떠나버린 날들

온몸에 열꽃이 피던 시절
가차 없는 자기학대를 통해
그 누구도 나를 구할 수 없다는
살아 숨 쉬는 생명을 느끼려는
처절한 몸부림의 날들은
차라리 기쁨이었다

어느 날인가부터
계절이 바뀌어도
열꽃도 피지 않고
방랑의 길 나서지도 않고
그저 데문데문한
아무 일도 없는 일상이 되었다

흉터가 없는 기억은
홍역을 앓던 젊은 날

뜨거운 감성의 불길 속에서도
아무런 화상도 없이 내어준
뒤안길을 되돌아보면
그리움으로 핀 진창의 꽃이었네

어리석은 고백

어리석은 고백이라고
외면하고 치부하셔도
나는 당신께 온 마음을 다하여 전하고 싶습니다
당신을 처음 만나본 순간
당신은 나의 모든 것이 되었고
나 또한 당신의 모든 것이 되고 싶었습니다
당신과 만남은 형용할 수 없는
수많은 눈멀고 귀먹은 시간 들이 되어버렸습니다
돌로 된 무딘 내 가슴을
쪼고 쪼아서 새로운 가슴 활짝 열어주시고
굳어버린 내 마음을
저미고 저며서 하얀 속살 드러내어
새로 나게 하셨으며
기쁨으로 이 세상 바라보는
새로운 영의 눈을 뜨는 희망을
선물로 주셨으니
내가 당신을 믿지 못한다면
정녕 이 자리에 서 있지 못하리니
그대 향한 불같은 내 마음을 받아주오

고려장

담뿍 단풍이 물든 산에
오방색 낙엽이 수북한 골짜기에
어디가 어딘지 동서남북 분간 못 하여
길 잃어버린
날 남겨두고 저만 훌쩍 가다니
도대체 어쩌란 말이냐
퍼질고 우는 마음
그대는 아는가

철 지난 바닷가에서

철 지난 바닷가
희붐한 새벽녘에
베이컨을 감싼 듯한
도르르 밀려오는 파도가
철썩거리며 세수하다
갯바위에 부딪혀
하얗게 찰과상을 입고
옥시풀을 바른 듯
쓰린 아픔의 거품을 내뿜고
바람 불어
저 홀로 우는 파도 소리에
괜스레 젊은 날의 초상인
옛 추억을 더듬는 불면의 시간 속에
시린 밤의 우울함이 새벽 공기에
희석되어 새로운 기도가 되어
가슴이 탁 트이는
떠오르는 일출을 마주한다

잃어버린 나를 찾아서

잃어버린
나를 찾아서
얼마나 많은 내가
숱하게 많은 시간 동안
내 안에서 두려움에 떨면서
내 모습을 바라보고 있었는지 모른다
참 많이도 기다렸다
나의 진면목을 보기 위해서
일곱 가지 혹은 여덟 가지
다른 색깔을 느낀다
꿈속에서 울면서 깨어난다
동살의 해 오름에 치유를 받는다

어차피, 모든 것은 잃게 마련이다

정말로 잊고 살았다
인생은 보이지 않는 경쟁인 줄 알았다
누가 누가 더 많이 가지나
슬픈 게임의 연속에 발목을 삐었다
생트집 잡지 마라
안그래도 숨 가쁜 삶
가진 것마저 잃어버려 속상한데
비가 와도 더웁다
추적추적 비가 내리는
장례식장의 밤은
이슬로도 내리지 않는
눈물 바람이 덧없다
부푼 가슴 안고 살던 이여
모든 것 내려놓고 가는 이여
어차피 빈손으로 가는 인생
소풍도 즐기지 못하고 가는 이여
미련의 향불마저 거두어 가소서

보헤미안 랩소디광시곡

서늘한 가을바람 부는 날
찌들은 하루해가
길게 어둠 살 내리는
오가는 여객 붐비는
부산역 대합실에는
가난한 남자 투성 이다
노숙에 중독된 것인가 아니면
무애의 길로 가는 사람들인가
바람이 어디서 불어오는지는 상관없다
어차피 비릿한 갯내음이다
가난한 삶이 찬송이 되는
길은 없는가, 악몽 같은 현실을 벗어나고자
발버둥 치며 도피하거나
끝없이 추락하여 무너져 내린 모습은 아니다
진정성 있는 삶의 노래를 부르는 것
환상에 불과 한 것일까, 동정을 받아서는 안 된다
달빛 광장에 흐르는
보헤미안 랩소디가 더욱 처연하다

상실과 회복

어울렁 더울렁
사랑하며 살자고
달빛 아래 둥글게 둥글게
강강수월래 손에 손 잡고
밤이슬 맞으며
이 밤이 새도록 노래하건만
섣부른 욕심으로 너를 떠나보낸
상실의 아픔은
새벽이 와도 아프기만 하다
길 없는 길을 돌아서서 가는
너의 마음도 오죽하랴만
부른다고 다시 올거나
그리움에 뒤척이는 밤 오면
다친 마음은 세월이 약이지만
돌이켜 후회하지 않으려고
모질게 마음 달래어도
허허로운 발걸음이다

기약 없는 이별이 이리도 아플 줄은
보내고 나서야 깨달았네
늘 항상 그 자리 그대로 서 있어
내 마음만 돌아서면
회복 할줄 알았는데 용서마저도
외면당한 메마른 눈물 어이 할거나

심봉사 눈뜨는 날

몽운사 저녁 종소리
길게 울려 퍼지고
공양미 삼백 석에 팔려서
가슴에 돌덩이 꺼안고
인당수에 빠진 심청이

아버지 심봉사 동네방네
젖동냥하며 키운 내 딸 청이
그리움과 자책의 한에 짓무른
눈을 들어 뺑덕어멈 손잡고
경로잔치 나설 제

들려오는 아버지 소리
꿈인지 생시인지
듣고 또 들어도 긴가민가
내 딸 청이가 손잡고 다시 부를 제
보고 또 보고지고 보고픈 마음에
개명 천지 눈을 확 뜬다

하이고 내 딸 청아
너를 보고픈 내 마음의 믿음이
이리도 기쁠 수가
안타까이 헛것을 보는 것 같구나
몽운사 화주승 주린 백성
배불렸구나 얼~쑤

부를 수 없는 고향의 노래

부를 수 없는
고향의 노래를 부르짖어라
목 매인 쓸쓸함은 어디서 오는가
온몸으로 풍기는
몸에 배인 서늘함의
외로운 뒷그림자
그리움 남기고 사라져 버린
잃어버린 내 고향에
머물고 싶은 바람이 되려나
수몰의 호수 한가운데 바라보는
그렁그렁한 오열의 시간
빛나는 눈물은 별빛이 되고
부들처럼 떠도는
뿌리 없는 나그네살이
서러움 가슴에 맺히고
한잔 술에 콩나물국밥으로
해거름을 달래면
지는 해가 더없이 불쾌하다

산다는 것

무엇을 먹을까
무엇을 마실까
무엇을 입을까
무엇을 말할까
어디로 가볼까
사는 것 아무런 걱정말라시며
대충대충 그때그때
생각나는 대로 말하면서
아무려므나
아무거나
아무데나
아무러하던 아무렇지도 않게
아무것도 아니라고
말을 하면서도
자신의 뜻과 조금만 달라도
아니 그것 말고 저것이라고
이렇게 말하는 심사는
도무지 알 수가 없다
아예 처음 물어볼 때 말하면
입술이 덧나나
그리 그리 살다가
할 말 다 못하고 쓸쓸히
아쉬움만 가득 남기고
흐린 기억 속으로 떠나간다네

얼룩진 상처

무력한 시절
내 사랑의 앨범
편린을 찾아서
내 맘속의 골목길을
더듬어 보니
염문을 뿌리던
얼룩진 상처
그냥 그대로 있더이다

달맞이 고개

어둠을 사려 물고 내 뱉는 한마디가
청천에 벼락같은 이별의 통고일 줄
뉘라서 타는 속마음 알아 줄이 있을까

거친 손 쓰다듬이 볼우물 깊게 패어
그 사랑 빠져들어 헤매는 날이어도
한줄기 오롯한 마음 임 오시길 바라네

십오야 둥근달에 함께 핀 달맞이꽃
가을밤 언덕길로 임 마중 나갈 제에
숨어든 달맞이 고개 말이 없는 사랑아

이장(移葬)

백 년간의 고독에
봉인된 가슴을 열어
이장 하는 날
한잔 술을 올리며
죄스러운 마음 금할 길 없어
다시 잔을 올리며 아뢰기를
아는 이 하나도 없는 쓸쓸함
복잡한 속내 없는 세상의
깊은 잠 일깨우는
백골난망의 불효를 용서하옵시고
곡하는 심정 어여삐
여기시어 부디 영면하시어서
발복 빌어주소서
뼈를 태우는 냄새 진동한다
백 년 고독의 짙은 향내다

급한 사랑에 체하다

오뉴월 땡볕에
사냥감 찾아 왼 종일 돌다가
너무도 배고프고 허기진 마음에
앞뒤 가리지 않고
내미는 콩죽 한 그릇에
그따위 짐 같은 장자권을 팔아 버렸다
아, 대대로 이어갈 축복의 통로였다
급체의 비극이었다

서정에 목마른 갈급의 시절에
황량한 내 마음의 정원은
잡초 우거진 폐허였다
흔들리는 마음의 정처를 찾아서
세월 속에 묵혀둔 꽃밭을
고단한 삶과 함께 갈아엎어
산책로에 꽃씨를 뿌렸고
날마다 물을 주었네
그 씨앗 꽃으로 피려면
아직도 멀었는데 벌레 먹으면
곤란하다
다시금 흐트러진 시심을
곱게 고루어 꽃피는 기쁨을
함께 나누세

빛과 어둠의 이중주

동살에 수런대는
아침을 지나서
거뭇한 개와 늑대의 시간이 오면
풀잎은 마르고 꽃은 고개 숙이고
스멀스멀 검은 먹물을 풀어내듯
어둠이 오면
비로소 원망이 체념으로 바뀌어
쓴잔을 삼킨다
자세히 볼 수는 없어도
그날 그 자리 일것 같은데
남루한 의식은 고개를 흔든다
그렇게 보내는 게 아니었는데
아쉬움 가득 잔을 채운다
빛과 어둠의 갈래 길
희붐한 새벽이 온다

진실과 순수

아름다운 말로서
진실을 감출 수가 있다면야
감추고 싶은 진실이
무엇이든지 간에
빛나는 말 포장지로
아름답고 예쁘게 감싸고 싶다

순수를 잃어버린
가치의 울타리 속에서는
영화나 드라마 상에서의
사랑과 배신 증오와 미움 등을
표현할 때 쓰는 말이지
시를 쓰는 사람은 무색, 무미
무취한 순수가 아닌
각기 나름대로 대안적 낭만을
추구하기에 사물을 바라보는
이미지는 다르지만 표현하고자
하는 바는 순수 그 자체가
아닐까 생각한다
각설하고 진실과 순수는
시를 쓰는 마음의 화두가 아닐까

비나리

비나이다
비나이다
퇴마냥에 심은 곡식
알곡 되기 소망할 제
이내 마음은 청정 폭포에
멱을 감은 듯하고
축복의 말 됫박에
곱디고운 명주 실타래
꽃 반으로 걸쳐놓고
시 산책 벗님들의 무병장수
기원하며 별일 없길 비나리에
여름밤은 깊어만 가고
흘러내리는 촛농이 어둠에
문드러질 제 시심은 영롱한
이슬로 맺히고 어렴풋한 여명은
희망의 찬가를 부르네

비 오는 날의 수채화

창밖에 빗소리 들리면
조용히 눈을 감는다

묵음의 의미는 알 수 없으나
들리는 건 바람 소리뿐
떠오르는 그대의 웃음진 얼굴
그늘진 그리움의 향수가 된다

잊으려, 잊으려 도리질하여도
더욱 생생히 떠오르는 것은
내 마음 나도 모르는 안타까움에
부끄러워서 그러하리니

살피소서 임이시여
그대 향한 오롯한 내 마음을

사냥꾼의 올무

오직 한길로 말라버린
한 우물 만 파던 우직한 사람
올곧은 길을 간다고 하여
타협의 여지없는
고집불통 세상살이로
날마다 새벽을 깨우며
나서는 나무 날 데 없는
근면과 성실의 삶이어도
내 이웃을 섬길 줄 모르고
나만의 세상 바라보며
어리석게 살아온 그 날들이
사냥꾼의 올무에 걸려서
하루 왼 종일 헉헉대며
앞만 바라보는 나였음을
돌아보지 않는다

꿈꾸는 자의 기쁨

꿈을 꾸어라
꿈은 그대가 바라는 바의 실상이니
젊은 그대여 꿈을 꾸어라
그대 꿈을 펼쳐라
독수리가 날개를 펼치며
푸른 창공을 나르듯이
그대의 꿈을 활짝 펼쳐라

노년의 삶은 환상을 보리라
세상을 바라보던
당신의 그 눈으로
잃어버린 신화를 보리라
수고의 짐을 진 고된 날 들이지만
아름다운 그 시절, 그때, 그 사람
함께 살아온 나그네 살이
이미 맛본 하늘나라였음을
기뻐하며 회상하리라
그대의 눈물이 마를 때까지

기다리는 마음

파수꾼이 새벽을 기다리듯이
허기진 이 마음은
내임을 그리워하나이다

다시 오신다는 약속의 말씀이
너무도 미더워서
아니 땐 굴뚝에도 연기 나는 듯한
신기루를 보았더이다

기다리는 마음 가슴에 안고
홀로 가는 이 길에 서성이다가
하마나 돌아보면 임 계실까
살며시 뒤돌아보다가
소금기둥이 되어버린 내 마음

기다림이 그리움 되어
그렇게 망부석이 되었다
저 푸른 바다를 향해서하늘이시여

하늘이시여

누구든지 들을 귀 있는 자는 들어라 (마르꼬4.23)
들을지어다
들을지어다
하늘 소리 들을지어다

천둥이 아니어도
벽력이 아니어도
하늘이 하시는 말씀

임그리워
홀로 우는 긴밤이면
홀로 된 내게만 말씀 하시니

알아듣지 못하는
우매한 군중속의 고독이
너무도 안타까워서

장미꽃이 피는 오월이 오기전에
씨 뿌리는 비유의 말씀으로
나직히 말씀 하시니

들을지어다
들을지어다
홀로 되어 나에게 하시는 말씀

아름다운 만남

(부제;부활)

가진것 모두 아낌없이 내어주는
나무 십자가 아래
주렁주렁 걸어둔 선물 보따리
펼쳐보면 그대의 환한 미소
꾸밈없는 다정한 말 한마디 복된소리에
뒤설레는 치유의 기적
용서와 회개의눈물 범벅이 된 난장
배반의 서러운 울음 꽁꽁 묶어둔
어둔밤이 지나고
홰치는 새벽 닭 울음소리

동트기 전
간밤에 우리님 어찌 되셨는지
슬픔이 눈앞을 가로막아도
애간장 녹아내린 밤이 지나면
찬이슬 내리는 바람의 언덕
돌무덤 속에서 아마포 곱게 개켜진
임을 찾는다

우리님 어디로 갔을까
두려움 마음은 혼비백산이다
임이여, 벗이여

아름다운 이별의 말도
잘가시라는 포옹도 못했는데

어디선가 들려오는 평안을 비는 한말씀
"평화가 너희와 함께"
꿈인지 생시인지 미덥지 못한
어리석은 믿음으로 엉거주춤
임을 맞이한다
아낌없이 주는 나무 십자가
마지막 남은 선물 보따리 풀어서
영원한 생명의 부활을 약속 하시네

위대한 생명의 탄생

엄동에 미숙아들
인큐베이터 사고로 크게 한번
울어보지도 못하고 맥없이
세상을 떠나자 온세상이 멘붕에 빠져든다
누구의 잘잘못을 따지고 가리기 전에
이 사회에 생명의 존엄성이
크낙한 울림으로 다가온다

순간의 하찮은 실수조차도
용납되지 않는 생명의 신비
무균의 상태 세상으로 부터의 온갖
오염이 차단된 무염의 자궁에서
바람 앞에 촛불 같은 그 나약한
핏덩이가 구유를 바람막이 삼아
포대기 깔고 누우신 임이시여

사랑과 관심도 금줄로 외면하시며
오로지 양친 부모 애정어린 도움의
손길만 기대하며 방긋방긋 웃으면서
기쁨의 원천이 되신 임이시여
뭇별이 흰눈에 박혀서 하얗게
빛나는 밤 세상의 모든 위대한 탄생을
진심으로 축하합니다
그중에 하나이신 당신의 탄생을
사랑합니다

장미빛 주님의 길을 예비하라

• 저　　자 : 원재 김지호
• 발행일 : 2018년 8월
• 편　　집 : 정항석 김순희

• 발행처 : JB제이비
　　　　　전주시 덕진구 서가재미1길 18-5
　　　　　Tel. (063)902-6886 M.010-7166-9428

• 공급처 : 생각너머 책글터
　　　　　Tel. 031) 8071-1181　Fax. 031)8071-1185

　ISBN　979-11-963822-2-3